B. Vogel

Hans von Bülow: Sein Leben und sein Entwickelungsgang

B. Vogel

Hans von Bülow: Sein Leben und sein Entwickelungsgang

ISBN/EAN: 9783743619234

Hergestellt in Europa, USA, Kanada, Australien, Japan

Cover: Foto ©Raphael Reischuk / pixelio.de

Manufactured and distributed by brebook publishing software (www.brebook.com)

B. Vogel

Hans von Bülow: Sein Leben und sein Entwickelungsgang

Musikheroen der Neuzeit. III.

Hans von Bülow.

Sein Leben

und

sein Entwickelungsgang.

Von

Bernhard Vogel.

Leipzig,
Max Hesse's Verlag.
1887.

Seinem Freunde

Alexander Siloti.

Wer wie Du, werter Freund, jahrelang als treuester und begeistertster Schüler zu den Füßen Altmeister Liszts gesessen, des Unerreichbaren, deß Spur von seinen Erdentagen nicht in Äonen untergehen wird; wer wie Du erfüllt ist vom kräftigsten Streben nach dem grünen Kranze, der als Lohn winkt dem berufenen Jünger der ausübenden Kunst; wer gleich Dir das beste daran setzt, um als ein Geweihter im Tempel der Virtuosität zu walten, der nimmt wohl wärmeren Anteil an einem kleinen Buche, das mit einem großen Zeit- und Kunstgenossen sich beschäftigt. So darf ich das Schriftchen in Deine Hände legen mit der Bitte, in ihm ein bescheidnes Zeichen meiner Hochachtung und Dankbarkeit zu erblicken für alle die Genüsse, die Dein Talent mir und tausend andern wiederholt bereitet hat.

Leipzig, den 12. Juni 1887.

Bernhard Vogel.

Vorwort.

> Schwer ist die Kunst, vergänglich ist ihr Preis,
> dem Mimen flicht die Nachwelt keine Kränze;
> drum muß er geizen mit der Gegenwart,
> den Augenblick, der sein ist, ganz erfüllen,
> muß seiner Mitwelt mächtig sich versichern
> und im Gefühl der Würdigsten und Besten
> ein lebend Denkmal sich erbauen. — So nimmt er
> sich seines Namens Ewigkeit voraus.
>
> Schiller (Prolog zu „Wallenstein").

Sind Schillers gedankenwuchtige Verse zunächst auf das Los des Schauspielers zu beziehen, so haben sie doch auch volle Bedeutung und Geltung für das des Virtuosen: hält ja beide, den Mimen wie den Musiker, ein brüderliches Band umschlungen, gleich sind auch ihre Leiden und Freuden; sie müssen beide das Publikum, ein vielköpfiges Ungeheuer, an sich zu ketten suchen, sie leben vom Beifall der Guten und Schlechten und sterben mit der Anerkennung der Besten; nur zu bald jedoch verblaßt die Erinnerung an ihre Person und an ihre genußbereitende Wirksamkeit.

Wenn aber ein Virtuos der Gegenwart Anspruch darauf erheben darf, auch von spätern Geschlechtern gekannt zu werden, auch ihnen kein Fremdling zu bleiben, so ist dies Hans von Bülow; er vor Hunderten, denn kraft der Vielseitigkeit seiner Begabung, kraft der Reinheit und Entschiedenheit seines Strebens, kraft seiner glänzenden Eigenschaften wie seiner Schwächen und Eigentümlichkeiten überragt er alle, die mit ihm in die Schranken treten. Kein Zeitalter hatte Überfluß an solchen weitgreifenden Erscheinungen und ein Künstler von der Bedeutung Hans v. Bülows bietet ebenso sehr dem fachmännisch-musikalischen wie dem philosophisch-psychologischen Interesse reichlichen Betrachtungsstoff.

Leipzig, den 31. Mai, Haydns Todestag.

D. P.

Inhalt.

	Seite
Vorwort	III
I. Hans von Bülows Lebens- und Entwicklungsgang . .	1—23
II. Hans von Bülow als Virtuos	24—33
III. Hans von Bülow als Konzertdirigent	34—43
IV. Hans von Bülow als Organisator und Pädagog . .	44—48
V. Hans von Bülow als Schriftsteller	49—58
VI. Hans von Bülow als Komponist	59—66
VII. Nachwort	67—68
VIII. Namen- und Sachregister	69

I.

Hans von Bülows Lebens- und Entwicklungsgang.

Hans Freiherr von Bülow ist der Sproß einer abligen Familie, die nicht allein zu den ältesten Mecklenburgs, sondern überhaupt Deutschlands zählt. Von Wenden abstammend, genießt sie das seltene Glück, ihren Stammbaum bis auf das Zeitalter Karls des Großen an der Hand historisch beglaubigter Thatsachen zurückführen zu können: ein beachtenswerter Umstand, der vorteilhaft absticht, von sovielen heraldischen Spielereien und genealogischen Spitzfindigkeiten, zu denen man nicht selten in höchsten Kreisen seine Zuflucht nimmt, um des Hauses Glanz zu erhärten und den Stammbaum ehrwürdig zu machen.

Im vierzehnten Jahrhundert verzweigte sich die Familie, die ihr Stammhaus mit Vorliebe in Dorf Bülow bei Rehna suchte, bereits in neun über das nördliche Deutschland sich ausbreitende Linien. Der Seitenlinie „Gartow-Stintenburg" im Mannsfeldischen gehört Hans von Bülow an. Seit der Zeit der großen deutschen Befreiungskriege hatte sich das Geschlecht für alle Zeiten auf den Blättern der Weltgeschichte verewigt: in Bülow, dem Sieger von Großbeeren und Dennewitz, erwuchs ihm ein Held, der immer mit Ehren genannt und in Reih und Glied gestellt wird mit einem Kleist von Nollendorff und manchen andern, die in den Jahren 1813—1815 sich unverwelkliche Lorbeeren im wilden Schlachtgetümmel erkämpften.

Tritt uns in diesem Feldherrn, den ob seiner Verwegenheit und Sonderbarkeiten Volks- und Soldatenmund am liebsten „den tollen Bülow" benannt, einer der erfolgreichsten und ausschlaggebenden Bekämpfer Napoleons entgegen, so muß in dem Großvater unsers Virtuosen einer der glühendsten Verehrer der corsischen Kaiserherrlichkeit verzeichnet werden. Großvater Ernst v. Bülow diente als Major in der königlich sächsischen Armee zur Zeit der Napoleonischen Kriege und von der Macht, dem Waffenruhm, der faszinierenden Größe des Emporkömmlings bezwungen, hing er mit Leib und Seele auch dann noch an Napoleon, als dessen Glücksstern verblich und der Niedergang in rasender Eile sich vollzog. Ihm war es unmöglich, dem Sinkenden die Treue zu brechen und mit einer neuen Uniform zugleich eine neue politische Gesinnung anzunehmen. Er zog es vor, seinen Abschied zu verlangen und der Erinnerung an den vom Schicksal gerichteten Imperator fortan zu leben: gewiß ein Zug von seltener Charakterstärke, die jedem Hochachtung abnötigen muß, auch wenn er in dem Major nur ein Opfer jener schmachvollen Zeit erblickt, die aus guten Deutschen die wütendsten Napoleonfreunde bisweilen machte. Nicht nach militärischen Kränzen strebte der Majorssohn Eduard (geboren 1803 auf Berg bei Eilenburg, gestorben 1853 in Schloß Oltishausen im Schweizer Thurgau); als herzoglich Dessauischer Kammerherr fand er Muße genug, den starken litterarischen Neigungen Genüge zu thun. Sein schriftstellerisches Talent trug ihm die Freundschaft Ludwigs Tiecks ein und von diesem Meister der Novelle, als welcher Tieck nach wie vor anzuerkennen war, nachdem die romantische Schule, in sich selbst verfallen, an ihrem früheren Ansehn erheblich verloren hatte, von L. Tieck in die Litteratur eingeführt, gefördert, und aufs wärmste anerkannt worden zu sein als Verfasser der „Novellenbücher", spricht sicherlich beredt genug für E. v. Bülows hervorragende Befähigung. Wie er sich als Übersetzer Manzonis einen Namen erworben, so machte ihm die Herausgabe der Werke von Schröder nicht geringere Ehre. Als glühender Verehrer der Romantiker vermittelte er die ersten Gesamtausgaben der Werke von Novalis und Heinrich v. Kleist; reges Interesse nahm er an Schillers „Anthologie" und besorgte auch die Herausgabe der Schriften seines Namensvetters Dietrich von Bülows. Auch auf eine litterarische Ausgrabung, oder wenn man will, Neuentdeckung könnte er sich insofern etwas zu Gute thun, als er der erste war, der auf die Schriften eines litterarischen Naturgenies, auf die des Schweizer Landmannes Ulrich Bräcker hinwies und so das Interesse an den naiven Aufzeichnungen eines schlichten Bauernkindes neu belebte, das, angeworben für das preußische Heer im siebenjährigen Kriege, einen Teil der Schlachten dieses Feldzuges mitgemacht und darüber später in seiner Heimat höchst anschauliche Berichte gegeben in einer überraschend lebendigen Sprache.

Im Jahre 1828 nahm Eduard von Bülow dauernd seinen Wohnsitz in Dresden; dort im schönen Elbflorenz herrschte als vielgepriesener Dichterkönig Ludwig Tieck, obgleich ihn Heinrich Heine in ziemlich unparlamentarischer Weise einen „alten, raudigen Muntsche" geschimpft und bald wurde der Dessauer Kammerherr Mitglied jener sein geistigen Tafelrunde, deren Bedeutung niemals zu unterschätzen war, auch wenn sie betreffs gewisser Punkte den Spöttern mancherlei wohlbenutzten Stoff darbot.

Zwei Jahre waren seit seiner Übersiedlung nach Dresden verflossen, als E. v. Bülow zum ersten Male Vaterfreuden genießen sollte: am 8. Januar 1830 wurde ihm ein Sohn geboren und Hans wurde er getauft, nebenher auch ihm noch der Kreuzrittername „Guido" mit auf den Lebensweg gegeben.

Seine Kinderjahre flossen in altüblicher Weise dahin, genau so wie die von Millionen anderer Erdenbürger; für Mythenbildung des Sinnes, als ob schon in der Wiege mit irgend welcher Finger- und Handbewegung der Kleine sich in seiner spätern Größe angekündigt hätte, fehlt jeder Anhalt, jedweder Stoff. Der Glorienschein der Wunderkinderschaft fehlt unserm Freiherrnsöhnlein; ja verbürgten Mitteilungen zufolge war Hans bis zum neunten Jahre vollständig unmusikalisch und darin fand man umsoweniger etwas Auffallendes, als der Knabe immer kränkelte und der möglichsten Schonung nach physischer wie geistiger Hinsicht bedurfte. Wer wie er in neun Jahren nicht weniger als vier Gehirnentzündungen zu überstehen hatte, den schien offenbar viel mehr Äskulap sich als Opfer ausersehen zu wollen, als daß ihn die Musen als einen ihrer Schützlinge hätten erklären dürfen. Da, als zum fünften Male die gleiche Krankheit ihn heimgesucht und ihn heftiger gepackt als je, vollzog sich urplötzlich eine Wandlung in seinem Gesamtwesen: die Krisis erschloß ihm das Reich der Töne: als gälte es wer weiß wie viel Versäumtes nachzuholen, stürzte sich der neunjährige Knabe mit solchem Eifer auf die Musik, im besondern auf das Klavierspiel, daß er in kurzem über eine Fertigkeit gebieten konnte, mit der er alle seine Jugendgenossen überstrahlte. Kaum elf Jahr alt war er so wohlgewappnet, um an das Beethovensche C-moll Trio mit zwei tüchtigen Künstlern als ebenbürtiger Pianist herantreten zu dürfen; das war einer der ersten und gewiß auch beachtenswertesten Beweise einer hervorragenden musikalischen Begabung. Man mochte zudem ihm vorlegen, was es nur sein mochte, Hans las alles mit einer erstaunlichen Sicherheit und Unerschrockenheit vom Blatt. Nichtsdestoweniger hatte Vater Eduard trotz dieser Überraschungen mit seinem Sohne ganz anderes vor, als ihn zum Betreten der dornenreichen Pianistenlaufbahn irgendwie aufzufordern. Er stellte auf seinem Erziehungsplan die wissenschaftliche Ausbildung aus guten Gründen in erste Linie, ohne deshalb den musikalischen Neigungen mißgünstig gegenüber sich zu verhalten oder gar gewaltsam das künstlerische Talent zu unterdrücken; nein er trug sogar Sorge für möglichst guten musikalischen Unterricht. In dem königl. Kammermusiker A. Hänsel war der rechte Mann für den jungen Hans gefunden, dessen Fortschritte bald über die Lehrkompetenz des gewissenhaften Mentors hinausgingen. Später kam er in die Hände eines als Klavierpädagogin hochgeschätzten Frl. Schmiedel; ihr Unterricht muß überaus anregend und erfolgreich gewesen sein; denn selbst noch nach ihrer Verheiratung mit K. Eberwein, dem Sohne des weimarischen Kapellmeisters, leitete sie des hoffnungsreichen Knaben pianistische Studien und gleichzeitig weihte deren Gatte ihn vom Jahre 1844 ab in die Anfänge der Harmonielehre und des Kontrapunktes ein. Ein Jahr später genoß er den Unterricht Fr. Wiecks und durch ihn wohl am meisten erhielt sein Spiel jene Klarheit, jenes solide Gepräge, das in der Folge ihm als Virtuosen einen Ehrenplatz erwirkte. Es ist ein hoher Triumph für die Methode des Mannes, der als Vater der Klara Schumann bereits zu europäischer Berühmtheit gelangt war, daß sie zugleich einen Pianisten in Hans v. Bülow gebildet hat, dessen geistige Potenz in vielen Stücken die des knurrigen und schnurrigen Lehrmeisters weit überragt. Wenn die Pädagogik Wiecks von einer gewissen Einseitigkeit nicht freizusprechen war und Gefahr vorhanden sein mochte, der Schüler werde von ihr zu stark sich beeinflussen lassen, so war das Geschick gütig genug, ihn davor zu bewahren; es schickte ihm zur rechten Stunde als Gegengewicht einen Künstler voll glutwarmer Phantasie und geistsprühender Lebendigkeit: Henry Litolff ist der Name dieses damals das Außerordentlichste versprechenden, in der Folge aber Schiffbruch leidenden Mannes.

Indem der nun fünfzehnjährige auch gelegentlich von diesem
kühnen Virtuosen Unterricht empfing, wurde er zugleich mit
Bahnen und Auffassungen bekannt, die, gerade weil sie so
schroff den Wieckschen gegenüberstanden, für den selbständigen
Entwicklungs= und Bildungsgang des Jünglings sicher sehr heilsam
werden mußten. Überhaupt ist Bülow insofern ein Günstling
des Glückes, als es ihn, der freilich auch nie aufgehört, das
Beste und die Besten zu suchen, zur rechten Zeit das Gewünschte
immer auch finden ließ.

Dazu nun noch die Nähe eines Kunstinstitutes von der
Bedeutung der Dresdner Hofoper: und man begreift, wie
außerordentlich viel damit schon gewonnen war für ein regel=
mäßiges Einatmen sättigender, musikalischer Luft. Beim Ge=
danken dieser Dresdner Periode steigen die wunderbarsten Bil=
der jedem auf, der sie durchlebt hat, und nur gewaltsam mag
sich der Blick von ihnen trennen: begreifen sie doch alles in
sich, was man an Herrlichkeiten von diesem Dresdner goldnen
Musikzeitalter gedacht, geschaut und geträumt hat. Beim Hin=
weis auf die Einzig — Eine, in der die musikalische dramatische
Muse verkörpert und vom Parnaß herabgestiegen zu sein schien,
beim Erinnern an Wilhelmine Schröder=Devrient, die mit
Johanna Wagner die leuchtenden Zierden des Institutes und
die bewundertsten Lieblinge des Publikums waren, bei der Er=
wähnung von Opernsängern wie Tichatschek und Mitter=
wurzer, die in der vollsten Blüte ihrer Künstlerschaft stehend,
mit ihren markigen Heldengestalten alt und jung enthusias=
mierten, bei der Erinnerung daran: ein Richard Wagner,
jugendmutig und geschmückt mit dem frischen Lorbeerkranz,
den 1842 „Rienzi", ein Jahr später der „fliegende Holländer",
1845 „Tannhäuser" ihm aufs Haupt gedrückt, ein so großer
Meister hat damals an der Spitze einer Opernbühne gestanden,
die treu hütend das Erbe eines Gluck, Beethoven, Weber zu=
gleich die engste Fühlung behielt mit dem Kunstschaffen der
Gegenwart; bei der Aufzählung aller dieser Thatsachen ist es
einem wie bei einem märchenhaften Traum: man kann und mag
beim Erwachen nicht glauben, daß alles vorüber und nimmer=
mehr zurückkehren werde.

Kein Zweifel: die Sonnenstrahlen dieser Dresdner Glanz=
zeit drangen tiefer und tiefer in die Brust des kunstempfäng=
lichen Jünglings und schürten gewaltig seine Begeisterung für

alles, was groß, schön, edel, charaktervoll. Viel zu früh entriß ihm das Geschick den Frohgenuß so unvergleichlicher Göttergeschenke und Musenspenden. Eduard v. Bülow, dem es in Dresden nicht recht mehr gefallen wollte, seit Ludwig Tieck Elbflorenz verlassen und sich nach seiner Vaterstadt Berlin zurückgeflüchtet, suchte als Wohnsitz zunächst Stuttgart auf; den Sohn allein in Dresden zurückzulassen, ging nicht an und so mußte Hans seine Schritte nach Schwabens Hauptstadt lenken, wo in Sachen der Kunst viel mehr magere, als fette Jahre damals in Aussicht standen. Doch ehe die Abschiedsstunde schlug, wurde ihm noch ein Glück zu teil, nach welchem er sich gesehnt mit der heißesten Glut seines Herzens: es gelang ihm, Richard Wagner vorgestellt zu werden, den Meister von Angesicht zu Angesicht zu schauen, dessen Ruhm in allen Teilen Dresdens und damit Sachsens wiederhallte. Ein so scharfer und anteilnehmender Beobachter wie Wagner erkannte sofort, weß Geistes Kind in Hans von Bülow vor ihm stehe und als damals noch die gute alte Sitte bestand, mit dem Stammbuch in der Hand bei bedeutenden Männern vorzurücken und um ein schriftliches Andenken sie zu bitten, konnte auch Hans, gleich dem Schüler im Faust, nicht umhin, den Tannhäusermeister um ein Albumblatt anzugehen. Freudig wurde der Wunsch erfüllt und Wagner schrieb: Glimmt für die Kunst in Ihnen eine echte, reine Glut, so wird die schöne Flamme Ihnen sicher einst entbrennen. Das Wissen aber ist es, was diese Glut zur kräftigen Flamme nährt und läutert."

Ein würdigeres, inhaltreicheres, zugleich für den Jüngling beziehungsvolleres und beherzigenswerteres Stammbuchblatt konnte H. v. Bülow sich kaum denken, stundenlang mag er es gelesen und immer wieder gelesen haben, bis es in Fleisch und Blut ihm übergegangen und zur Richtschnur seines Lebens geworden war.

Der Aufenthalt in Stuttgart würde an musikalischen Freuden für ihn ziemlich belanglos geblieben sein, wenn ihm nicht das Begegnen mit Raff und Molique einen befriedigenden Ersatz geboten hätte. Mittlerweile hatte das dortige Gymnasium ihn soweit wissenschaftlich vorbereitet, daß er rühmlich die Abgangsprüfung bestand und ein sog. „Brotstudium" ins Auge fassen konnte. Als solches wurde ihm die Jurisprudenz und als Universitätsstadt Leipzig vorgeschlagen, wo er in Hülle und Fülle alles finden könne, was an römischer und deutscher Rechtsgelehrtheit erstrebenswert schien. Dieses Studium allein ebene ihm die Bahn zur Erreichung des Lebenszieles, das sein Vater und seine ganze Familie ihm zugedacht: Hans sollte dereinst entweder als höherer Regierungsbeamter oder als Diplomat den Ruhm des freiherrlichen Hauses zu erhalten und zu erhöhen suchen. Hoc erat in votis und der väterliche Wille fand in Hans einen keineswegs widerstrebenden Sohn.

Leipzig übte auf ihn zudem aus andern Gründen eine bedeutende Anziehungskraft aus: dort im Hause des Prof. Frege, eines Verwandten seiner Mutter, war der Muse eine geweihte Heimstätte bereitet worden, seit in ihm die damals hochgefeierte Sängerin Livia Gerhard als Gattin des Gelehrten eingezogen, um sich einen Kreis hochgebildeter Kunstfreunde geschart, um ihn in edler Freigebigkeit zu beglücken mit den Spenden ihrer Kunst. Bülow war früher wiederholt Zeuge dieser Festabende gewesen und dort hatte er auch Mendelssohn kennen gelernt, der auf den Wunsch seiner Freundin, der ersten Vertreterin der Sopranpartieen in seinen Oratorien, sich in gewohnter Liebenswürdigkeit bereit zeigte, dem jungen Pianisten sein Rondo capriccioso (op. 14) und H-moll-Capriccico einzustudieren. Dafür ist ihm Bülow zeitlebens dankbar geblieben und noch heute, nachdem sich ein merklicher Umschwung in der öffentlichen Meinung betreffs des Urteils über Mendelssohns Gesamtbedeutung vollzogen, ist er lieber geneigt den Pauluskomponisten zu über= als zu unterschätzen.

Als er nun 1848 als Student im Fregeschen Hause verkehrte, mag er wohl den seit Jahresfrist nicht mehr lebenden Meister schmerzlich vermißt haben. Trost suchte und fand er damals im Anschluß an einen andern berühmten Mann: Moritz Hauptmann, der als Kontrapunktiker und Kunstphilosoph hochangesehene Thomaskantor, wurde sein Lehrer im Kontrapunkt. Unter seinen Kommilitonen erregte Hans bald Aufsehen als Pianist: viel wichtiger jedoch wurde für ihn 1849 die Rückkehr nach der Vaterstadt insofern, als er in Dresden damals die Bekanntschaft mit Robert Schumann machte. Bülow muß auf den wortkargen, verschlossenen Tonpoeten einen überaus günstigen Eindruck gemacht haben wie der Empfehlungsbrief beweist, den Schumann dem Jüngling mit auf den Weg gab, um ihn bei Franz Brendel, dem Nachfolger in der Redaktion der „Neuen

Zeitschrift für Musik", abzugeben. Der für die Herzensgüte und für den Scharfblick des Meisters ebenso beweiskräftige als für den Empfohlenen ehrenvolle Brief lautet ungefähr so:

> Lieber Brendel!
>
> Der junge Mann, der diesen Brief Ihnen überbringt, spielt sehr gut Klavier und ist, sobald man ihn einmal näher kennen gelernt, ganz wohl zu leiden. Er sei Ihnen daher auf das beste empfohlen.

Dresden, 1849.   Robert Schumann.

Es spann sich von da ab das innigste Band der Freundschaft zwischen Brendel und Bülow an, immer weiter wurde der Kreis der Künstlerbekanntschaften; als epochemachend ist das Pfingstfest 1849 für Bülow eines Ereignisses wegen zu betrachten: um diese Zeit war es, als innerer Herzensdrang ihn nach Weimar führte, um aus dem Munde des Mannes, der wohl der kompetenteste Richter in allen pianistischen Fragen von jeher gewesen, ein endgültiges Urteil über die eigene klavieristische Begabung zu vernehmen: wer anders als Franz Lißt konnte als solcher gelten und ihn unaufgesucht lassen, wäre gleichbedeutend mit Furcht, Unsicherheit, Mutlosigkeit gewesen. Vor dieser höchsten Autorität nun bestand Bülow mit dem Vortrage einer Anzahl schwieriger Prüfungsstücke so glänzend, daß Lißt nur aus wahrer Überzeugung ihn aufmunterte und mit reichlichen Lobsprüchen bedachte. Aber noch immer befolgte er treulich den Wunsch seiner Familie und studierte zur Abwechslung in Berlin vom Herbst 1849 ab anscheinend gewissenhaft Pandekten und Staatswissenschaft. Das trockene Studium aufzufrischen und praktische Politik zu treiben, stürzte er sich mit allem Ungestüm in das hochwogende Parteigetriebe der damaligen Zeit. Der roteste Radikalismus war ihm, dem Aristokratensprossen, kaum grell genug und dieser Überzeugung gab er in der „Abendpost", dem Hauptorgane seiner Umsturzfreunde in zahlreichen Artikeln so kräftigen Ausdruck, daß so mancher Gesinnungsgenosse mit geheimem Grausen zu den blutjungen Studenten aufblickte, der ganz das Zeug zu einem Robespierre, Danton, Marat und wie alle die Schreckensmänner der großen französischen Revolution heißen mochten, in sich zu tragen schien. Doch der politische Fieberrausch legte sich allmählich und wich der friedlicheren Beschäftigung mit musikalischer Kritik. Die streitbare, herausfordernde Natur Bülows verleugnete sich in dieser Thätigkeit ebensowenig als sie zugleich seiner Verstandesschärfe, seiner tiefen Einsicht in alles, was von höheren Gesichtspunkten aus erfaßt und betrachtet sein wollte wie z. B. Wagners erste kunstphilosophischen Schriften, seiner ungebrochenen Idealität das beste Zeugnis ausstellte. Mit einem Gegner, der eine so scharfe schonungslose Klinge führte, sich zu schlagen, mochte oft manchen gewagt erscheinen; so rächte sich mancher für die Puffe, die er von Bülow empfangen, nur durch geduldiges Schweigen vor der Öffentlichkeit; in der Stille aber vergaß er ihm die Beleidigungen nicht. Mit Ulrich von Hutten ausrufend: „Viel Feind viel Ehr" räumte Bülow mutig den Augiasstall verrotteter Vorurteile weg und teilte nach rechts und links Hiebe aus, von denen die meisten fest „saßen"; daß auch er nicht bei solchen litterarischen Duellen ohne Schmarre blieb, versteht sich wohl von selbst.

Das Jahr 1850 kam heran und mit ihm in Weimar die Herder=Feier, die ihre musikalische Krone mit der ersten Aufführung von Wagners „Lohengrin" unter Lißts Leitung erhalten sollte. Hätte ein Bülow fernbleiben und widerstreben können, als so mächtige Magnete wie Wagner, Lohengrin, Lißt ihn an sich zogen? Auf Flügeln der Begeisterung eilte er hin nach dem festlich erregten Musensitz. Unter den Weiheklängen des Ritters vom heiligen Gral ging dem Jüngling nunmehr ein Licht auf über die Sendung, die er fortan zu erfüllen habe: du mußt der Kunst ganz dienen, ihr angehören mit allen deinen Kräften, dich vollständig lossagen von einer Wissenschaft, die ja doch nur als nüchternes „Brotstudium" von dir verstanden wird und ihr, der Kunst angehören, die dein ganzes Dichten und Trachten ausfüllt.

Der Entschluß stand fest, aus der Rückkehr nach Berlin, behufs Wiederaufnahme der nunmehr bald dem Abschluß nahen juristischen Studien, wurde natürlich nichts; so sehr Vater und Mutter ihn beschworen und alles aufboten, ihm die Fahnenflucht aus dem Heere der heiligen Themis zu vereiteln, Bülow konnte nichts anders, als alle Brücken abzubrechen, die ihn hätten zurückleiten können zum ungeliebten Jus. Wohin sich nun wenden, jetzt, wo der Kampf ums Dasein im eigentlichsten Sinne für ihn begann?

In der Schweiz als Verbannter lebte Richard Wagner; zu ihm nach Zürich zog es ihn mit unwiderstehlicher Gewalt und was nur geschehen konnte, den jungen Künstler mit festen Vertrauen auf die Zukunft zu erfüllen und alle die Schreckbilder zu verscheuchen, die bei der Unsicherheit seiner damaligen Lage ihm nicht fern bleiben mochten, das ermöglichte die Gastfreundschaft Wagners. Es währte nicht lange und Bülow hatte auf Verwendung seines Freundes einen Wirkungskreis auf Schweizer Erde gefunden. Am Züricher Stadttheater war die Musikdirektorstelle erledigt; für diesen Posten brachte Wagner den eben Angekommenen um so lieber in Vorschlag, als er schon längst über die außerordentlichen musikalischen Gaben Bülows sich klar geworden und in ihm die Haupteigenschaften zu einem tüchtigen Dirigenten vereinigt fand. Gründlich, wie auf allen seinen übrigen Zweigen der Kunst und Wissenschaft, war auch der Unterricht, den er im Dirigieren von Wagner erhielt. Sich vorzustellen, wie ein Meister, der damals mit den größten Werken sich trug und voll war von einer großen Zahl der Lösung harrenden kunstreformatorischen Fragen, sich vorzustellen, wie ein Wagner im Interesse seines Schützlings sogar es nicht verschmähte, die Proben zu einer „Regimentstochter", „Norma", „Nachtwandlerin", „Fra Diavolo" ꝛc. zu besuchen und dem Neuling in der Dirigierkunst mit allen bekannt zu machen, was dabei wissenswert ist und vorausgesetzt wird, wenn von ihm eine gute Aufführung herausgebracht werden soll; sich das vorzustellen, fällt uns heute schwer; um so höher ist das von Wagner gebrachte Opfer anzuschlagen, um so höher aber auch wurde der Gewinn, den Bülow aus solcher Unterweisung zog. Die Entwicklung ging so erstaunlich rasch auch auf diesem Felde vor sich, daß er während der Monate Januar bis Mai 1851 die Leitung der St. Gallener Wanderoper übernehmen konnte und schon jetzt Erfolge aufzuweisen hatte, mit denen alle Teile, Orchester, Publikum und sein Lehrer wie er selbst zufrieden sein durfte. Auf dieser Versuchsstation war aber, wie Wagner bald genug einsah, nicht der geeignete Ort zu finden, um dem jungen Talente die volle Entfaltung zu ermöglichen. Weimar, wo Lißt Schule zu bilden begann, bot ganz andere Aussichten für die Förderung des Künstlers, der auf sich selbst angewiesen war, und da es hier zugleich galt, sich die höchsten pianistischen Weihen aus Lißts

Händen zu holen, siedelte Bülow nach Weimar über und reifte unter den Augen des Meisters mehr und mehr zu dem heran, als welchen die Kunstwelt später ihn hochbewundern sollte.

Dort in Weimar, wo Lißt als Lehrer bereits auf manchen bedeutenden pädagogischen Erfolg blicken durfte, einen Alexander Winterberger, einen Dionys Prucker, Karl Klindworth, Hans von Bronsart zu seinen Schülern zählte und sie heranbildete zu den angesehensten Pianisten ihrer Zeit, dort entbrannten die jugendlichen, hochgesinnten von Lißt mächtig angefeuerten Geister zu dauernden Wettkämpfen, deren Ergebnis jedem Einzelnen und schließlich auch dem Kunstganzen zu Gute kommen sollten: hier sind die Bausteine zu suchen, auf denen sich das stolze Gebäude der Lißtschen Schule emporhob, um für alle Zeiten in der Geschichte der modernen Virtuosität einen Ehrenplatz sich zu erringen.

Was der Knabe Bülow an bedeutenden Anregungen in Dresden während der Jahre 1845—1847 empfangen, ohne darüber im einzelnen sich Rechenschaft zu geben, das trat ihm, wenn auch teilweise nicht in der gleichen Vollendung wie früher, nochmals in Ilmathen entgegen: denn hier blickte er gleichsam in eine Art Miniaturausgabe vom Dresdner Kunstleben. Und klaren Auges las und studierte er in dem Buch, das ihm nunmehr das Schicksal aufgeschlagen.

Hier in Weimar war der Pulsschlag der gärenden Zeit stärker vernehmbar als an irgend einem andern Orte, hier platzten die Geister aufeinander und beugten sich vor dem schiedsrichterlichen Urteile eines Franz Lißt. Was die Kunst neues und bedeutsames hervorgebracht, hier erlebte es einen schönen Ostermorgen; wie viele Werke wären aufzuzählen, die in Weimar aus der Taufe gehoben wurden unter Zeugenschaft der namhaftesten Künstler Europas; wie viele Kompositionen würden verwaist und unbeachtet geblieben sein, wenn ihrer nicht Franz Lißt sich angenommen und sie in Weimar vor seinen Getreuen rangfähig gemacht! So oft ein neues Werk von Wagner, eine symphonische Dichtung von Berlioz oder Lißt in Aussicht stand, gab sich das musikalische Neue Weimar einer lebhaften Aufregung hin und Festtage begannen, von denen mehr als einer kunstgeschichtliche Bedeutung beanspruchen darf. Welch ein Wogen und Wagen, welch' ein fröhlich lecker Austausch der verschiedensten Anschauungen! Kaum eine Kunstnotabilität gab es, die nicht auf längere oder kürzere Zeit damals bei Lißt vorgesprochen und bei ihm sich Rats erholt über die oder jene Angelegenheit. Hielt monatelang Hektor Berlioz, mit dem H. v. Bülow fortan die dauerndsten und innigsten Freundschaftsbeziehungen unterhielt, die Gemüter in Spannung, so zollte man zu anderer Zeit wieder dem Erscheinen einer Klara Schumann innigsten Anteil; ward aus Leipzig gelegentlich der Konzertmeister Ferd. David als Gast willkommen geheißen, so erwies man die gleichen Ehren, wenn aus hohem Norden ein Ole Bull eingetroffen und aus Hannover Joseph Joachim, damals ein heißblütiger Jüngling, sichtbar geworden.

Mitten in dem Strudel dieser aufregenden Tage arbeitete Bülow mit eisernem Fleiße an seiner pianistischen Ausbildung; sie war denn auch bald soweit gediehen, daß Lißt sie als „konzertreif" erklären und den dreiundzwanzigjährigen Jüngling die erste Konzertreise nach dem Süden antreten lassen durfte. Anfänglich zwar ging es ihm genau so wie jedem andern, noch namenlosen Virtuosen: man kümmerte sich nicht weiter viel um ihn und Wien wie Pest fanden noch keinen Anlaß, ihn für einen Auserwählten zu halten. Keineswegs entmutigt wandte er sich später wieder nach Dresden und hier, vor allen aber auf dem Karlsruher Musikfest im Herbst 1853 nahm man ihn als Virtuosen bereits mit offnen Armen auf; je weiter er im Winter nach dem Norden vordrang, nach Berlin, Hamburg, Bremen, umsomehr steigerten sich seine künstlerischen Erfolge und auch die finanziellen hielten damit einigermaßen Schritt. Der erste größere Ausflug in die Welt war glücklich überstanden, eine kürzere Ruhepause am mütterlichen Herde in Dreden durfte Bülow sich 1854 gönnen und er nutzte sie kompositorisch wie schriftstellernd (für die „Neue Zeitschrift für Musik") aufs beste aus; auch klavierpädagogisch, wenn auch ausschließlich in aristokratischen Zirkeln, wirkte er damals allem Anscheine nach zur vollsten Befriedigung seiner Schüler und Schülerinnen; die Kunde davon drang sogar bis zu einem Posenschen Rittergutsbesitzer, der nichts Eiligeres zu thun hatte, als des abligen Pianisten sich zu versichern und ihn als „Klavierhauslehrer" für große und kleine Kinder zu gewinnen. Daß Bülow in solchen engen Verhältnissen nicht warm werden würde, ließ sich vorhersagen; er verabschiedete sich denn auch bald von den Posenschen Gefilden und suchte Berlin auf. Dort brauchte er nur ein Konzert zu geben, um sofort sich die Bewunderung der maßgebenden Kunstfreunde zu erobern. Vor allen imponierte sein ganzes Auftreten, künstlerisches Denken und Thun den Leitern der kurz vorher entstandenen Musikschule: Adolph Bernhard Marx, der ideen- und phantasiereiche Kunstphilosoph und Julius Stern, der rührige, weltgewandte und geschäftskundige Organisator, erkannten sofort, was sie von einer pianistischen Lehrkraft von der Bedeutung eines Bülow für ihr Institut sich zu versprechen hätten; sie übertrugen ihm nach dem Austritt Th. Kullacks die erste Klavierlehrerstelle. Auf diesem Felde der Thätigkeit sollte ihm während einer neunjährigen, mit größter Pflichttreue verwalteten Amtierung (1855 —1864) ein reiches Maß von Freude und innerer Befriedigung beschieden sein, ohne daß natürlich eine oder die andere „ungemischt" gewesen wäre und den Neid der Götter (nach dem Beispiel des Schillerschen Polykrates) herausgefördert hätte.

Mehr und mehr in Berlin heimisch geworden und selbst naturalisiert seit 1857, konnte er an den Gewinn einer geregelten Häuslichkeit allgemach denken; Lißts jüngste Tochter Kosima war die Königin seines Herzens geworden, am 19. Aug. 1857 vermählte er sich mit ihr. Ein Jahr später erhielt er den Titel eines kgl. preußischen Hofpianisten. Deutlich genug wurden die Spuren seiner künstlerischen Regsamkeit im damaligen Berliner Konzertleben. Die Schläfrigkeit, die Monotonie, die früher dem Berliner Kunstwesen häufig genug angehaftet, wich allmählich einem freudigeren Kunstgenusse und kräftigerer Anteilnahme. Bülow brachte, wenn ein volkstümlicher Ausdruck gestattet ist, „Leben in die Bude". Mochte er nun Triosoireen oder Orchesterkonzerte veranstalten, überall betonte er die Berechtigung der modernen Kunstbestrebungen neben der Klassizität, er wurde der kräftigste Vertreter der damals arg verschrieenen „Zukunftsmusik" und als solcher ist er vielen als leuchtendes Beispiel vorangegangen.

Mehr als ein öffentliches Zeugnis aus dieser Zeit beweist, wie anregungs- und aufregungsreich schon damals die Bülowkonzerte gewesen sein mußten und wenn Helene von Racowitza in ihren einst viel Staub aufwirbelnden Denkwürdigkeiten erzählt, daß auch sie mit ihrem Freund Lassalle wiederholt diesen Konzerten beigewohnt, so spricht das nur für das hohe Interesse,

welches man von seiten der Aristokratie wie der Demokratie
dem Bülowschen Unternehmen entgegenbrachte. Je stärker
die Kritik ihn damals befehdete, um so zäher hielt er an seiner
Überzeugung fest; er ließ die Presse Zeter und Mordio schreien
und schritt stolzer und selbstbewußter seines Weges, immer ein=
gedenk der Goetheschen Beobachtung:

> Es will der Mops in unserm Stall
> uns immerfort begleiten
> und seines Bellens lauter Schall
> beweist nur, daß wir reiten.

Außer Lißt hatte bis dahin noch kein Pianist sog. Solo=
konzerte, also Aufführungen gewagt, in denen es ausschließlich
Klaviermusik zu hören gab; Bülow brachte dabei historische
Gesichtspunkte zur Geltung und indem er auf seinen Pro=
grammen den Meistern der Vergangenheit wie denen der Ge=
genwart Rechnung trug, strafte er zugleich alle die Lügen, die
ihm Einseitigkeit, Tendenzmacherei vorwarfen. Auf seinen da=
maligen Programmen war sicher nichts von Parteieinflüssen be=
merkbar.

Mittlerweile war seiner Ehe Kindersegen beschert wor=
den und je mehr sich seine Familie verstärkte, desto rastloser
wirkte er für sie in rühmenswertester Fürsorglichkeit. So
unterzog er sich häufig genug aufreibenden Kunstreisen nach
allen Richtungen der Windrose; bald konzertierte er in Breslau,
Löwenberg, Prag, Wien, Dresden, Leipzig, Weimar, Karlsruhe,
Stuttgart, Schwerin, Königsberg ꝛc., bald auch zeigte er
sich zugleich als Dirigent, in beiden Eigenschaften hauptsächlich
mit der überall sich bekundenden geistigen Überlegenheit, Klar=
heit und kühnen Thatkraft Bewunderung erregend. Und nicht
bloß dem Künstler jubelte man zu, man hatte auch allen
Grund den Menschen hochzuschätzen: wie oft spielte er ohne
jede Entschädigung, wenn es galt irgend einen Wohlthätigkeits=
zweck zu fördern, eine Denkmalserrichtung zu unterstützen oder
irgend einer humanen Stiftung unter die Arme zu greifen.
Auch das Ausland, Holland, Frankreich, Rußland hallte bald
wieder von dem Doppelruhme der Bülowschen Virtuosität und
und Dirigentenmeisterschaft. Wiederholt in Paris 1858, 59, 60
verweilend und viel mit Wagner verkehrend, wurde er auch
Zeuge jenes berühmten Theaterskandals gelegentlich der ersten
Tannhäuseraufführung.

Wie Wagner in den Tagen der Bedrängnis und schweren Mißgeschickes gar oft die Treue seines jungen Freundes erprobt hatte, so wollte er ihn dafür auch in den Tagen des Glückes, die für ihn begannen, als 1864 die Huld des Königs von Bayern ihn nach München berief, in seiner unmittelbarsten Nähe wissen; es bedurfte nur der Aussprache eines darauf bezüglichen Wunsches an seinen in jedem Sinne königlichen Protektor und sofort erging auch an Bülow die Berufung als Vorspieler des Königs Ludwig II. Dem künstlerischen Zusammenwirken Wagners und Bülows hatte München gar bald einen ungeahnten musikalischen Aufschwung zu danken, zum unverhohlenen Ärger aller Rückwärtsler, die mit scheelen Augen sahen und hörten, wie beide mit vereinten Kräften das stockende Rad der Kunstpflege wieder zum Gehen und zu behender Bewegung brachten; zur größten Freude aber des enthusiastischen Königs und aller, die mit ihm sich eins fühlten.

Im Jahre 1865 galt es auf König Ludwigs Befehl „Tristan und Isolde" zum ersten Male in München zur Aufführung zu bringen; wem hätte Wagner die Direktion dieses die höchste Leistungsfähigkeit beim Dirigenten voraussetzenden Werkes lieber anvertrauen mögen, als dem Herbeigerufenen, der zudem schon in einer meisterhaften Bearbeitung des Klavierauszuges erraten ließ, wie tief er den Geist des Ganzen erfaßt, wie vertraut er geworden. mit den ausschlaggebenden Einzelheiten der dreiaktigen „Handlung". Und Bülow dirigierte so erstaunlich sicher, daß er damit die kühnsten Erwartungen noch übertraf. In dieselbe Zeit fällt auch eine der ersten von ihm geleiteten Münchner Aufführungen von Lißts „Heiliger Elisabeth". Die politischen Wirrsale von 1866 riefen seiner Thätigkeit ein gebieterisches Halt zu.

Wenn der Waffenlärm tost, schweigen die Musen und Bülow zog sich gleich Wagner nach Luzern in schweizerische Einsamkeit zurück; in Basel improvisierte er eine Art Konservatorium, gab häufig Konzerte hier und in den Städten der Nachbarschaft (Zürich, Mülhausen, Freiburg, Baden-Baden). Als der Krieg beendet und die erwünschte Friedensruhe zurückgekehrt war, berief König Ludwig II. im April 1867 den gefeierten Künstler nach München zurück; um dauernd ihn an sich zu fesseln, um zugleich ein Zeichen höchsten Vertrauens ihm zu geben, übertrug er ihm die Stelle des ersten Kapellmeisters für

Oper und Konzerte; auch wurde er zum Direktor der neuorganisierten, seit Oktober 1867 bestehenden Musikschule, ernannt; diesem Teile seines segensreichen Wirkens soll eingehendere Betrachtung in besondern Abschnitten gewidmet werden, wo wir Bülows organisatorisches, pädagogisches und direktoriales Talent würdigen wollen. Zur aufrichtigen Betrübnis aller, die an dem Aufblühen seines Kunstinstituts nicht geringeren Anteil genommen wie an seiner Thätigkeit als Konzert- und Operndirigent, schied er aus den Münchner Ämtern aus im Frühjahr 1869 und zog sich auf längere Zeit nach Florenz zurück. „Rast' ich, so rost' ich," mochte er denken, als er 1872 wieder zu weiten Kunstreisen in Deutschland sich entschloß, 1875 nach Amerika sich einschiffte (um dort von der Treulosigkeit seines Sekretärs gründlichst ausgeplündert zu werden und schwere materielle Verluste zu erleiden!), 1876 in England Sensation erregte.

Drei Jahre später nahm er das Amt eines Hofkapellmeisters in Hannover an, ohne indes in dieser Stellung sich besonders glücklich zu fühlen. Schon 1880 sagte er ihr Lebewohl und vertauschte sie mit der ihm übertragenen Intendantur der Hofmusik in Meiningen. Hier war er an einem neuen entscheidenden Wendepunkt seines Künstlerlebens angelangt; hier gab er der Hofkapelle eine Verfassung, einen Aufschwung, daß er bald mit ihr zu Konzertreisen sich entschließen konnte, die seinem Ruhme als Dirigent ebenso förderlich werden sollten wie dem Ansehen des Orchesters in den größten Musikstädten Deutschlands. Seiner Meininger Intendanturzeit mit ihren beispiellosen künstlerischen Erfolgen muß gleichfalls weiter unten eingehender gedacht werden. Seit mehreren Jahren hat er auch dieses Amt niedergelegt, ohne indes alle näheren Beziehungen zur herzoglichen Residenz und ihrer Kapelle abzubrechen. In neuester Zeit unternahm er zahlreiche Kunstreisen, auf denen er vorwiegend mit den auf vier Abende sich erstreckenden „Beethovencyklen" Bewunderung erregte. Von seiner ersten Frau Kosima Liszt, (der Witwe Wagners) getrennt, lebt er jetzt in glücklicher Ehe mit einer als Frl. Schanzer einst hochgeachteten Meininger Hofschauspielerin. Neuerdings in Hamburg als Dirigent einer Anzahl Opern und Konzerte hochgefeiert, scheint er nicht abgeneigt, für die Folge in das dortige Opern- und Konzertleben entschieden einzugreifen; wer dabei am meisten gewinnt, das wissen sich die hanseatischen Kunstfreunde gewiß am besten selbst zu sagen.

Bülows Persönlichkeit hat von jeher dem großen Publikum, Freunden wie Feinden, mancherlei harte Nüsse zu knacken gegeben und weil es nicht jedermanns Sache ist, psychologischen Problemen, die vielleicht er gerade mehr als ein anderer in sich vereinigt, nachzuspüren und sie so befriedigend als möglich zu lösen, hat man ihn öfters unabsichtlich, nicht selten auch absichtlich mißverstanden, ungerecht beurteilt, wenn nicht gar ihn verdammt; insofern läßt er sich mit Wallenstein vergleichen, von dem Schiller gesungen:

„Von der Parteien Haß und Gunst verwirrt, schwankt sein Charakterbild in der Geschichte." Bülow, als ausgeprägteste Verstandesnatur, muß mit Vorliebe sich im Gebrauch der Waffen üben, die ihm der Sarkasmus in die Hand giebt. Und diese Waffen, scharfgeschliffen wie sie nun einmal zur Erfüllung ihres Zwecks sind, mögen wohl manchen mehr oder minder schwer verletzen, der ihnen gerade zu nahe kommt. Wer gleich ihm lange genug Berliner Luft geatmet und jene Witz- und Spottsucht sich zu eigen gemacht, die dort jedes Kind mit der Muttermilch einsaugt, der legt den gelegentlichen spöttischen Wurfgeschossen Bülows wahrscheinlich nicht allzuviel Gewicht bei, nimmt sie, ohne auf Vergeltungsgelegenheit zu lauern, auf die leichte Achsel und macht gute Miene zum bösen Spiel; wer aber diese berechtigte Eigentümlichkeit der spreeathenischen Art nicht kennt und sie als solche nicht anerkennt, dem mögen Sticheleien, witzelnde Anspielungen, die bei Bülow hoch im Preise stehen, wohl zu Zeiten sehr unangenehm und unerträglich werden. Einem minder bedeutenden Manne nimmt man gewiß nicht die Hälfte von dem übel, als ihm, der seiner Zunge vielleicht zu freien Spielraum gönnt und nicht gewöhnt ist aus seinem Herzen eine Mördergrube zu machen. Kluge Leute, politische Köpfe, schlaue Diplomaten sie alle werden und können mit gewissen Auslassungen Bülows nicht einverstanden sein: denn Bülow läßt gelegentlich jene Vorsicht, jenen Takt außer acht, um den sich, nach ihrem Dafürhalten, die ganze Weltordnung gesetzmäßig zu drehen hat. Und es ist wahr: ein größerer Feind und Bekämpfer des Talleyrandschen Grundsatzes, demzufolge „die Sprache nur da sei, um die Gedanken zu verbergen", wird kaum im großen deutschen Reich weiter aufzu-

Hans v. Bülow.

finden sein als in der Person des großen Pianisten. Übrigens ist sein Charakter so lauter, daß er, sobald er sich überzeugt, jemandem grundlos wehe gethan zu haben, überflüssigerweise ihm zu nahe getreten zu sein, reumütig einlenkt und möglichst wieder gut zu machen sucht, was er vorher schlecht gemacht. Aus neuerer Zeit sind von ihm Beispiele von Versöhnlichkeit bekannt geworden, die ihm früher kaum möglich gewesen wären.

Die Zeitgenossen verdanken seiner Schlagfertigkeit manches „geflügelte Wort". So bereicherte er einst den deutschen Sprachschatz mit der Neubildung: „Baireuthknecht" und schuf damit einen terminus technicus für eine Menschenklasse, deren exaltiertes Gebahren bei ihrer innern Hohlheit ihm ein wahrhafter Greuel gewesen.

Mit diesem Wort hat er manchen verletzt und stutzig gemacht, der ihm vorher sonst treu ergeben war. Warum aber sich darüber ereifern oder gar ärgern? Es lag doch gar zu nahe ihn, der unter den schwersten Bedrängnissen und unter Kämpfen eigentümlichster Art der Wagnersache die großartigsten Beisteuern zugeführt, dieser Begriffsklasse beizuzählen; im schönsten und edelsten Sinne war und ist Bülow selbst ein „Baireuthknecht", während jene, auf die er sein Wort zunächst gemünzt, es im gewöhnlichen Sinne sein und bleiben werden. Minder anstoßerregend fürs große Publikum, aber desto verletzender für den, den er damit zu charakterisieren gedacht, war seine Bezeichnung: „Circussänger": es liegt darin etwas ungemein Zutreffendes; denn wie im Circus meist die brutale Kraft, der massive Muskelaufwand es ist, wodurch die Masse sich aufrütteln läßt, so haben sich in neuester Zeit gewisse Opernsänger auf eine gewaltsame Tonzüchtung verlegt, die auf weiter nichts abzuzielen scheint, als hoch hinaufzubringen bis in die Räume des vierten Ranges und dort die Ohren der äußersten Galeriebesucher zu erschüttern. „Circussänger" ist daher ein Wort von grausam-wahrer Bedeutung und charakteristischer Anschaulichkeit.

Die Geschichte freilich vom „Circus Hülsen", die neuerdings noch ein so eigentümliches Nachspiel für den kühnen Charakteristiker im Gefolge hatte — Graf Hochberg als Amtsnachfolger dessen, dem jene Verbalinjurie zugefügt worden, gewährte ihm bei der ersten Aufführung von Ph. Rüfers

Merlin keinen Eintritt! — mahnt zur Vorsicht beim Gebrauch
unhöfischer Titulaturen!

Noch schärfer hat ihn der Teil der Presse aufs Korn ge=
nommen, die seine Vorliebe für die Tschechen aus politischen
Gründen nicht teilen mag. Was man alles ersonnen hat, um
ihn zu nichts Geringerem als einen Vaterlandsverräter zu
stempeln, ist in der Tat staunenerregend; man hätte ihn gar
zu gern auf eine Bank mit Kraszewski gesetzt, wenn es nur
nicht gar zu schwer gefallen wäre, irgendwie belastendes Mate=
rial herbeizuschleppen. Daß er in Prag einige böhmische Worte
gestammelt, um dem Konzertkomitee sich verständlich zu machen,
was war denn daran so Schlimmes? Daß sein guter germa=
nischer „Hans" sich dort eine Tschechisierung gefallen lassen
und in „Hanusch" (was übrigens bei uns einen sanften „Hein=
rich" bedeuten würde) umgetauft werden mußte, war nicht der
Wille Bülows, sondern seines berechnenden Impressario. In
Prag, wo die deutsche Bevölkerung aus mehr als einem Grunde
sich unbehaglich fühlt, konnten derartige Vorkommnisse aller=
dings leicht mißgedeutet und so aufgefaßt werden, als liebäugele
der deutsche Landsmann mit denen, die auf Unterdrückung, ja
Ausrottung der deutschen Bewohner in der Stadt des heiligen
Nepomuk sinnen. Von allen derartigen Vorwürfen aber durfte
ihn sein reines Gewissen freisprechen. Denn lediglich auf mu=
sikalische Gesichtspunkte sind seine böhmischen Sympathien
zurückzuführen. Daß unter den Tschechen in den letzten Jahr=
zehnten einige Komponisten aufgetaucht, die wie der unglückliche
Smetana, neuerdings der desto behäbigere Anton Dvorak
und einige Andre nicht geringes Aufsehen gemacht, das vor
allem bestärkt ihn in dem Glauben, der musikalische Phantasie=
quell sei in Böhmen reicher und ungetrübter als in Deutsch=
land; dieser Glaube aber, ohne daß wir ihn auf seine Stich=
haltigkeit hin untersuchen möchten, was hat er mit der Politik
und der böhmisch=deutschen Zerklüftung zu thun? Wer mag ihm
deshalb zürnen, weil die und jene tschechische musikalische Eigen=
tümlichkeit ihm wohlbehagt und wenn er daraus kein Hehl
macht, was geht das andre Leute an?

Das wird also wohl zu unterscheiden sein: Hans von
Bülow hegt für die Tschechen überhaupt nur insoweit Sym=
pathien, als er sich von der tschechischen Nationalmusik eine
Verjüngung, ein Neues, Ursprüngliches verspricht, das vielleicht

später auch befruchtend auf die Gesamtkunst zurückzuwirken vermag. In diesem Sinne macht er auch kein Hehl aus seinen Sympathien für die Russen, für die Nordländer, weil in der dortigen Produktionsweise ihm eine viel größere Frische und Eigenart entgegenzutreten scheint als in der deutschen Heimat, wo zur Zeit nur ein Einziger, Johannes Brahms, das vertritt, das schafft, was seinem derzeitigen Kunstideal, soweit es die Klavier-, Kammer- und Orchestermusik in sich begreift, am meisten entspricht und durchweg so bedeutend und in sich vollendet erscheint ihm jedes neue Brahmssche Werk, daß er es begrüßt als höchste Offenbarung des heute herrschenden Musikgenius.

Was aber kann manchen Zeitungsschreiber mehr gegen Bülow in Harnisch bringen, als die Tatsache, daß der große Künstler dem Antisemitismus huldigt? Nun, dafür soll man ihm doch die Verantwortung allein überlassen! Es muß jedem freistehen, von den Juden zu halten was er will und daß zwischen theoretischem und praktischem Antisemitismus immer noch ein großer Unterschied obwaltet, beweist er selbst am besten; er gefällt sich keineswegs in rabiater Judenfresserei, seine geschäftlichen Unternehmungen, Konzertreisen und Korrespondenzen führen ihn oft genug mit den Kindern Israels zusammen und im persönlichen Verkehr mit ihnen ist er bald ebenso kratzbürstig und liebenswürdig wie mit andern Leuten, mögen sie nun Protestanten, Katholiken, Dissidenten oder sonst wie heißen. In Zeiten, wo politische, kirchliche, soziale Fragen aufgeworfen werden und der Lösung harren, heißt es für den nicht gedankenträgen Mann in dem oder jenem Sinne an dieser gemeinsamen Angelegenheit sich zu beteiligen und keiner Partei steht das Recht zu, der andern das Wort abschneiden oder die Gedankenfreiheit rauben zu wollen. Es beweist viel mehr Mut und Thatkraft, mitten hinein sich zu stürzen in das Getümmel der Meinungsschlacht, als ferne zu stehen, die Hände fromm zu falten und die Dinge laufen zu lassen wie sie wollen.

So angefeindet aus allen diesen Gründen H. v. Bülow vielfach war und noch ist, so hat er doch immer soviel Beweise von Hochsinn, Charaktergröße, und Seelenadel gegeben, daß man seine Schwächen und Ungereimtheiten nach einiger Zeit wieder vergessen durfte und allgemach den guten Kern trotz der rauhen Schale in ihm aufzufinden lernte. In einem Goetheschen

Spruch wirft jemand, der gern wissen möchte, wie der Andre seine mannigfachen Dummheiten in Vergessenheit bringen konnte, die Frage auf: Wie hast du denn das angefangen? Die Antwort lautet:

> Ich hab' einen neuen Fehler begangen,
> drauf waren die Leute so versessen,
> daß sie des alten gern vergessen!

Mit diesem Spruch hat sich Bülow oft zu trösten gewußt. Wer möchte einen Mann der Selbstsucht zeihen, der wie Bülow für andre, deren geistiges Streben und Ringen ihm Hochachtung abnötigte, weit mehr gethan als für sich selbst? Es ist schwerlich in der deutschen Kunst ein hervorragender Name zu finden, der sich als Propagator im gleichen Maße hervorgethan wie Hans von Bülow. Und wenn er bald diesen, bald jenen auf seinen Schild erhoben, oder richtiger noch, wenn er für diesen sich zu dieser, für einen andren zu anderer Zeit erwärmte und später in seinem Eifer auf eine mittlere Temperatur herabsank oder gleichgültig wurde, ist ihm daraus der Vorwurf der Wandelbarkeit abzuleiten? Als Jüngling für die Person Wagners und seiner Werke hochbegeistert, konnte er als Mann aus nicht näher zu erörternden Gründen unmöglich jene sympathischen Beziehungen aufrecht erhalten, die früher zwischen ihm und dem Hochverehrten bestanden hatten; hochherzig genug, wenn er, aufs genaueste Persönliches und Sachliches trennend, dem Bayreuther Unternehmen auch dann seine Hand nicht entzog, als eine Annäherung an Wahnfried ihm nicht mehr möglich. Stand er mit Robert Volkmann, den er einst sehr hochgeschätzt, nicht allzu lange auf freundschaftlichem Fuße, so hielt desto fester das zwischen ihm und Joachim Raff angeknüpfte Band aus und übers Grab hinaus reicht die Freundschaft, die der Überlebende dem Dahingeschiednen in wahrhaft rührender Pietät unablässig erzeigt. Es waren sich beide wahlverwandt; Raff und Bülow stützten sich auf die Waffen eines klaren Verstandes und hoher wissenschaftlicher Bildung, beide wußten sich zu nehmen, wie sie genommen sein wollten, gegenseitige Reibereien, wenn sie jemals entstanden sein mochten, fanden baldige Erledigung, Empfindlichkeiten kamen zwischen ihnen nicht auf und so blieben sie immer miteinander in schönem Einvernehmen.

Auch für Jos. Rheinberger legte er großes Interesse

an den Tag; der treffliche Münchner Professor brauchte kaum erst mit einer gediegenen Fuge oder einem Kanon für die „linke Hand allein" oder mit irgend etwas Anderm fertig geworden zu sein, so war darauf zu rechnen, daß Bülow sein nächstes Konzertprogramm damit schmücken würde. So fand durch ihn damals, als er, wie Spaßvögel behaupteten, in „Rheinberger=krämpfen" lag, so mancherlei Eingang in den Konzertsälen, was ohne ihn gewiß aus der Einsamkeit des Notenkatalogs oder des Musiklagers nicht herausgekommen wäre. Zu größtem Danke aber ist ihm unter den Komponisten der Gegenwart Johannes Brahms verbunden: seit Bülow in ihm den „Messias der deutschen Musik" gefunden und damit die Schumannsche Weis=sagung erfüllt gesehen, hat er nach allen Richtungen dieser Überzeugung Ausdruck gegeben und damit zum Wachsen des Brahmsschen Komponistenruhmes außerordentlich beigetragen. Nicht nur, daß er als Pianist die meisten der Brahmsschen Klavierkompositionen erst im Konzertsaale einzubürgern bemüht war, so führte er als Dirigent der Meininger Hofkapelle sämt=liche Symphonien, Ouverturen ꝛc. seines Freundes in einer Vollendung auf, daß diese That allein schon ausreichen müßte, ihm einen Ehrenkranz zu erwirken.

Durch Bülow wurde mit diesen Werken auch der Teil des Publikums bekannt, der in der Regel von dem Genusse der vornehmsten Konzertmusik sich fern halten muß; durch ihn aber auch wurde, was man früher für ein Ding der Unmög=lichkeit gehalten, Brahms bis zu einen gewissen Grade volks=tümlich. Es ist hier nicht der Ort zu untersuchen, wo bei Bülow der Enthusiasmus für Brahms aufhört und der Fa=natismus beginnt; nicht stark genug jedoch kann betont werden, daß keines der vorzüglichsten Konzertinstitute Deutschlands und Österreichs um Brahms sich in entfernt ähnlichem Maße verdient gemacht wie Hans von Bülow. Wenn man die berühmten Freundschaftsbündnisse des Altertums, das uns von einem Kastor und Pollux, einem Theseus und Peirithous, einem David und Jonathan ꝛc. erzählt, fortsetzen und mit Beispielen aus der neuesten Zeit ergänzen will, so darf unter ihnen Bülow=Brahms nicht fehlen: der aktivere von beiden im Freundesdienst ist zweifellos Bülow; was er für den andern gethan und noch thut, weiß die Welt; inwiefern Brahms gleiches mit gleichem vergolten ist ihr vorläufig noch unbekannt geblieben: oder sollte es ihm seither an Gelegenheit gefehlt haben zu würdigen Erwiderungen? Einem Manne von so zahlreichen Verdiensten, von so kräftiger Wirksamkeit konnten Auszeichnungen aller Art umsoweniger versagt bleiben, als er mit Hofkreisen in Weimar, München, Karlsruhe, Hannover, Meiningen sehr regen Verkehr gepflegt. So steht denn Bülow vor uns als Ritter des bayrischen Michaelsordens, des badischen Zähringer Löwenordens; es schmückt seine Brust der preußische Kronenorden und der Hohenzollernsche Hausorden. Außerdem ist er Inhaber der goldnen Medaille von Mecklenburg-Schwerin für Kunst und Wissenschaft, Ehren-Doktor der philosophischen Fakultät von Jena, korrespondierendes Mitglied der holländischen Gesellschaft für Beförderung der Tonkunst; königlich preußischer Hofpianist; war königlicher Hofkapellmeister in München und Hannover, Intendant der Hofmusik in Meiningen, Direktor der kgl. bayrischen Musikschule in München. Ob er all diesen stolzen Titeln mehr Gewicht beilegt, als in ihnen von Gott und Rechtswegen zu finden ist, ob er im Gegensatz z. B. von Wagner, der nach derartigen Dekorierungen niemals Verlangen getragen, an ihnen besondere Freude hat; ob er sich nach weiterem Zuwachs in dieser Sphäre sehnt, das alles ist uns unbekannt und kann uns auch gleichgültig sein. Denn nicht in den Orden, sondern in den Thaten des Virtuosen, Dirigenten, Pädagogen, Komponisten, Schriftstellers liegt der Glanz des Namens

Hans von Bülow.

II.
Hans von Bülow als Virtuos.

Einer der ersten, die über Bülows Virtuosenbedeutung sich klar geworden und sie auf ihre Eigenart hin zu würdigen gewußt, war Franz Brendel in Leipzig, der Redakteur der „Neuen Zeitschrift für Musik". Anfang der sechziger Jahre schrieb er in seiner Zeitung u. a.: „Die Anerkennung seiner außerordentlichen Leistungen ist eine allgemeine, ungeteilte bei uns; man sieht in ihm mit Recht den ersten, den größten aller jetzt aktiven Pianisten. Dabei ist in Erinnerung zu bringen, daß das sehr zahlreich versammelte Publikum dieser Abende alles in sich besaßt, was Leipzig an Musikern und ersten Musikfreunden aufzuweisen hat. Insbesondere ist der Stand der Klavierlehrer vollständig vertreten und es ist dieser Umstand von besonderer Wichtigkeit und Bedeutung für die Leipziger Schule des Klavierspiels. Eine fruchtbringende, nachhaltig wirkende Anreizung für dieselbe kann nicht ausbleiben(?). Was speziell die Leistungen des H. v. Bülow betrifft, so haben wir noch eine Bemerkung über die ungemeine, in solcher Virtuosität kaum noch dagewesene Klarheit hinzuzufügen, mit der er es versteht die geheimsten Intentionen der vorzutragenden Tonstücke herauszustellen und dem Zuhörer zum Bewußtsein zu bringen. Er vermag es, eine so plastisch herausgearbeitete Gestaltung zu geben, daß dem Zuhörer dadurch das Verständnis so nahe als nur immer möglich gelegt wird. Das geistige Übergewicht in seiner Darstellung der vorherrschend sinnlichen Seite gegenüber, die bei frühern Virtuosen durchschnittlich in ihrem Spiele überwog und den Haupttrumpf bildete, fällt vor allem ins Auge.

Diese Verstandesseite ist es, aber nicht in dem gewöhnlichen Sinne einer trocknen Berechnung, sondern in dem eines genialen Verstandes, welche für Bülow am bezeichnendsten ift. Auf diese Weise ist es ihm möglich gewesen, daß er zu einer Zeit, wo das Größte geleistet ist, wo alle Wege erschöpft schienen, neu sein kann, jetzt noch ein Terrain sich erobern konnte, auf welchem er keinen Vorgänger hatte. Es ist unter solchen Umständen erklärlich, daß diejenigen von einem Mangel an innerer Wärme sprechen können, die eine solche nur auf Grundlage der sinnlichen Seite der Kunst bis jetzt wahrgenommen haben, diejenige aber, die vom Geiste ausstrahlt, noch nicht kannten.

Sein Programm war meisterhaft zusammengestellt, nicht bloß was die künstlerische Gruppierung betrifft, es war sein berechnet. Seine bewunderungswürdige Kunst, in die Eigentümlichkeit der vorgetragenen Stücke so einzugehen, daß sein Spiel, sein Anschlag, die gesamte Behandlungsweise jedesmal eine andere, dem Charakter des Werkes entsprechende ist, kann keinem entgehen. Dadurch entsteht eine Mannigfaltigkeit der Behandlung, die eine sonst leicht mögliche Monotonie fern hielt. Man empfindet keine Ermüdung trotz zwei Stunden lang ohne Unterbrechung fortgesetzter Klaviervorträge. Diese Fähigkeit mit der Natur des Gegenstandes auch die Darstellungsweise zu verändern, ist in solchem Grade noch nicht dagewesen. Sie ist die spezielle Eigentümlichkeit des H. v. Bülow. Von gleicher Wichtigkeit ist das zweite Moment. Unter solchen Verhältnissen und bei dieser Vollendung wird es dem Konzertgeber möglich, jedes irgend wertvolle Tonstück zum öffentlichen Vortrag zu wählen, möge dasselbe zunächst auch wenig oder gar nicht wirksam für das Konzert sein. Es wird dies durch Vortrag und im Zusammenhange mit dem Ganzen des Programms. Auf diese Weise ist aber ein Anfang gemacht, jene leidige Abhängigkeit von der Rücksicht auf Wirkungsfähigkeit, — die leider in allen öffentlichen Produktionen, — auch bei der Wahl der Orchesterstücke — noch immer eine große Rolle spielt, glücklich zu beseitigen. Man hielt, seit die Heroen des modernen Klavierspieles ihre Laufbahn beschlossen haben, eine neue Steigerung für unmöglich, man glaubte nicht, daß ein neuer Weg noch betreten werden könne: Bülow hat das Gegenteil dargethan: es ist die vollendetste Technik, dem Geiste dienstbar gemacht in einer bisher in solcher Universalität nicht dagewesenen Weise.

Was Franz Brendel vor nahezu einem viertel Jahrhundert ebenso klar als beredt zur Charakteristik des Virtuosen

Bülow vorgebracht, das beansprucht noch heute Gültigkeit, wenigstens was die Hauptpunkte betrifft.

Neuerdings hat Bülow mit der Veranstaltung eines auf vier Abende berechneten „Beethovenzyklus" Tausende zu lebhaftestem Danke sich verpflichtet und wohl die meisten auch von denen auf seine Seite gezogen, die aus mancherlei Gründen seinen Vortrag von den fünf letzten Beethovenschen Sonaten an einem Abend unmittelbar hinter einander beanstandeten und darin mehr geistige Überanstrengung als beruhigenden künstlerischen Genuß erblicken. Dieser Beethovenzyklus gewann noch dadurch an Anziehungskraft, daß Bülow manche der frühern, leichtern Sonaten, Variationen, Rondos in sein Programm aufgenommen; Werke, die sichs kaum je träumen ließen, aus dem stillen Kämmerlein, wo an ihnen jeder Kunstfreund sich Tag für Tag erquicken kann, verpflanzt zu werden in den vornehmen, kerzenhellen Konzertsaal, der sich ihnen so lange verschlossen. Am ersten Abend teilte Bülow bei seinem Auftreten in Leipzig das Programm in drei Teile; dem ersten war zugewiesen die Sonate A-dur aus op. 2 (entstanden 1795 und mit der aus F-moll und C-dur von Beethoven seinem Lehrer Jos. Haydn gewidmet), die aus F-dur (aus op. 10, Nr. 2, zwei Jahr später geschrieben und dem Grafen Brown gleichzeitig mit der aus C-moll und D-dur bediziert), ferner zwölf Variationen über ein russisches Tanzlied (1796); letztere, die in rein pianistischem Sinne, das Glänzendste darstellen, was Beethoven auf seinem damaligen Standpunkt für Pianoforte geschrieben, erfuhren durch den Künstler die vollendetste Wiedergabe. Die mancherlei versteckten Widerhaken, alle jene „Knaupeleien" (wie der Musiklehrer sich ausdrückt), die hier sich vorfinden, überwand er mit eleganter Leichtigkeit; überall erinnerte sein Spiel an hellen Sonnenglanz. In der A-dur Sonate war das erste Allegro, das seiner Faktur nach wie so manches Haydnsche Klavierstück vielmehr der Streichquartetttechnik sich anpaßt, nicht frei von kleineren Trübungen; desto erhebender wirkte das Largo; wie lebendig war das Scherzo erfaßt, dessen Hauptmotiv dahinhuscht wie ein flinkes Eichhörnchen auf grünem Tannenzweig; welche gewinnende Grazie erhielt durch ihn das Schlußrondo und welche Bedeutung fiel auf die beiden Mollzwischensätze, wenn ihnen eine solche virtuose Behandlung zu Teil wird. In der F-dur Sonate war Hans von Bülow sogar so gewissenhaft, selbst den zweiten Teil des ersten

Allegro, wie vorgeschrieben steht, zu wiederholen. Der Konsequenz wegen hätte auch in der spätern G-dur Sonate (op. 14) der erste Allegroteil repetiert werden müssen.

Mit der „Sonate pathétique" op. 13 (komponiert 1798) und den beiden 1799 entstandenen Sonaten des op. 14, mit der aus E- und G-dur füllte er den zweiten Teil aus. Die gewaltige Einleitung zu op. 13 faßte er wuchtig und großartig an; so ungefähr darf man sich Jupiter vorstellen, wenn er zum Donnerkeil greift und den Olymp erzittern läßt. Mit einigen Fragezeichen aber ist seine Auffassung und Durchführung des ersten Allegro zu versehen. Empfiehlt es sich, das kühne emporbringende Hauptthema seines impetuosen Charakters zu entkleiden und so zahm, bürgerlich-nüchtern hinzustellen, wie es damals geschehen? Mit welchem Recht ließ er in jenem reizvollen Dialog, wo Frage und Antwort Schlag auf Schlag erfolgen sollen, nach der Frage immer einen ruckweisen Halt eintreten, wodurch nicht allein das rhythmische Gefühl, sondern die ganze Beethovensche Idee einen Stoß erhielt? War es wirklich notwendig im Finale vom dritten zum vierten Takt eine so einschneidende, aufhaltende Accentuierung anzubringen? Man darf das aus triftigen Gründen bezweifeln und darin nichts mehr und nichts weniger als eine Bülowsche Eigentümlichkeit erblicken. Daß überdies bisweilen auch das Gedächtnis ihm nicht treu blieb, sei nur allen denen zum Trost erwähnt, denen ähnliches Menschliche schon passiert. Welchen Ersatz, welch reichen und hochwillkommenen Trost bot Bülow sich und den Hörern im Adagio; wie ätherisch, um nur an eine Einzelheit zu erinnern, klang der As-moll-Passus und die Rückkehr zum entzückenden Anfangsgesang!

Die beiden Sonaten des op. 14 boten in der durchweg meisterhaften Wiedergabe der Allegrosätze einen herrlichen Genuß. Nur bezüglich des Mittelsatzes der E-dur Sonate blieb noch etwas mehr Wärme im Ausdruck wünschenswert, hauptsächlich deshalb, weil in dem ersten und letzten Allegro ein leichtes, graziöses Tonspiel vorherrscht; zu ihnen ein angemessenes Gegengewicht zu bilden, ist offenbar der Zweck dieses E-moll Satzes.

Für den dritten Teil waren ausersehen: sechs Variationen über ein Originalthema F-dur op. 34 (1802 komponiert) und die sog. Pastoralsonate D-dur (op. 28) aus dem Jahre 1801.

Dem schlichten Thema hauchte er die zarteste Empfindung ein, über die Variationen goß er berauschenden Glanz aus. In der D-dur Sonate jagte im ersten Satz ein auffallend falscher Massenakkord (der linken Hand) dem Hörer einen nicht geringen Schreck ein; alles übrige, namentlich die Ausführung des Finale, gelang dem Vortragenden aufs beste.

Dieser erste Vortragsabend durfte, wenn man das Endergebnis zog, ebensowenig über- als unterschätzt werden; das Dogma von der pianistischen Unfehlbarkeit, von der Untrüglichkeit des Bülowschen Gedächtnisses erlitt mancherlei Anfechtung. Bülow ist eben auch ein Mensch und wenn er gelegentlich irrt, darf ihm das nicht als besondere Tugend angerechnet werden; wohl aber verzeiht man ihm, dem Auserwählten unter den Berufenen, leichter als jedem Andern.

Am zweiten Vortragsabend war er weit mehr Herr über sich selbst und weniger vom Zufall beeinträchtigt. In der ersten Fantasiesonate (op. 27, Es) war es in erster Linie das Finale, in welchem Bülows Größe im hellsten Lichte erschien; die männlich-stolze Haltung, der beflügelte Ansturm zu den Höhepunkten und deren sichere Besitzergreifung, das mußte hier am stärksten imponieren.

Beim Adagio der sog. Mondscheinsonate war es schwer, das Gesetz zu entdecken, nach welchem durchweg das Sechzehntel nach dem punktierten Achtel (im Hauptmotiv) eine überraschende Verschleppung erfuhr; im Presto schien es, als schalte er an mehreren Stellen des Eingangs ein Achtel zuviel ein. Eine liebliche Naivität wahrte er dem Allegretto; das treffende Bild von der Blume, die zwischen zwei tiefen Abgründen ahnungslos blüht und duftet, tauchte bei seinem Spiele vor unserer Erinnerung auf.

Viele der Variationen über das aus der Heldensymphonie bekannte Thema (op. 35, Es-dur) waren auf das prachtvollste ausgearbeitet; besonders dort, wo ein geistreicher Humor das Wort führt, schwang sich bei ihm Auffassung und Wiedergabe zum Gipfel höchster Künstlerschaft. Mit der Fuge hatte er leider wenig Glück; nicht allein, daß er bald in unauflösbare Irrtümer sich verlief und von vorn anzufangen sich veranlaßt sah, so blieb auch bei der Wiederholung die Klarheit sehr in Frage gestellt. Erst beim freien Schluß atmete er und die Zuhörerschaft froher auf. Trotz alledem war der Gesamt-

einbruck dieser Leistung ein sehr bedeutender und kaum mit den 32 Variationen aus C-moll zu überbieten, deren musikalischer Gehalt sich schwerlich mit dem des op. 35 vergleichen läßt.
Die beiden ersten Sätze, Allegro und Scherzo der Es-dur Sonate (op. 31) hat noch niemand uns so vollendet vorgetragen; diese natürliche Frische und geistige Belebtheit, die mit seltenem Spürsinn die witzigsten Pointen auffindet und sie enthüllt, mußte jedem außerordentlich wohlthun. Im Menuetto, so lieblich er dessen graziösen Grundzug hervorhob, spielte ihm gegen den Schluß leider das Gedächtnis wieder einen Streich; an einer Stelle schob er auf gut Glück zwei Takte ein und es stand nun statt der schlichten achttaktigen Periode eine solche von zehn Takten, gar komisch anzuschauen und anzuhören vor uns. Im Presto konnte man eine „wilde, verwegne Jagd" illustriert finden; zwar nicht die Lützows, die von Theodor Körner und Weber besungen worden, sondern eine von glatten Kavalieren, die sich zur Kurzweil auf flinken Rossen über Stock und Stein hetzen, ohne dabei das Genick zu brechen. Je mehr sich Bülow den Werken der letzten Beethovenschen Periode näherte, desto mehr schien seine Kraft, seine Größe zu wachsen: es handelte sich für ihn dabei gleichsam um ein Repetitorium jenes Sonatenkursus, den er vor Jahren bereits durchgemacht, als er mit dem kühnen Wagnis hervorgetreten, an einem einzigen Abend eine lauschende Zuhörerschaft in die Mysterien der letzten **fünf** Beethovenschen Sonaten einzuweihen.

Als die bewundernswürdigste aller seiner pianistischen Thaten muß nach unsrer Meinung der Vortrag von den 33 Variationen über den „Diabellischen Walzer" bezeichnet werden. Bülow, wie er der erste gewesen, der dieses unübertroffene Werk in den Konzertsaal eingeführt, ist auch der einzige geblieben, der den Reichtum, die Tiefe, die Rätsel der Komposition so wunderbar zu enthüllen versteht. Wer vor ihm wäre auf den Gedanken gekommen, die einzelnen Variationen mit Separattiteln zu versehen und damit anzudeuten den poetischen Untergrund, aus welchem die musikalische Tonblüte so und nicht anders emportreibt? Mit diesen Überschriften geschmückt, treten die Variationen dem Verständnis der Hörer zweifellos näher und jeder, der sich bei Schumannschen Fingerzeigen wie im „Karneval" 2c. etwas denken kann, fand in den Bülowschen willkommene Anhaltepunkte.

Auch für die neuere und neueste Kammermusik hat Bülow sich eine lebendige Anteilnahme bewahrt. So ließ er es sich überall, wo nur Gelegenheit sich bot, angelegen sein, die Klavierkompositionen Joachim Raffs mehr und mehr im Konzertsaal einzubürgern: sicherlich ein durchaus verdienstvolles und zeitgemäßes Unternehmen. Denn viel zu wenig bekannt sind gerade die Werke von Raff, in denen sich nicht bloß eine noble Salonnatur, sondern auch eine reinere poetische Empfindung ungehemmt und in harmonischer Anmut ausspricht. Auf diese Gattung griff denn auch Bülow bei seinen Raff=Interpretationen mit Vorliebe zurück; in Leipzig durfte man ihm daher doppelt dankbar sein, weil hier der Komponist vernachlässigt wird. So berücksichtigte er z. B. die E-moll Suite (op. 72), ein in allen ihren Sätzen ebenso geistreiches wie wirksames Tonstück, Präludium, Menuett, Fuge streben nach klassischer Würde, während Tokkata und Romanze erfüllt sind vom Geiste moderner Romantik. Raffs Bemühen: in sich selbst den Klassiker mit dem Romantiker zu verbinden, ist hier thatsächlich von schönerm Erfolge belohnt als anderwärts, wo er an einem ausgesprochenen Eklektizismus scheitert und mit seinem noch so ausgeklügelten Kalkul selten die rechte ästhetische Befriedigung uns gewährt. Auch desselben Komponisten Pianofortequintett (A-moll op. 107) hat er ins Herz geschlossen: mit Recht, denn es ist unstreitig eine Perle unter Raffs Kammerkompositionen; die edle Haltung, der rührende Grundzug des Larghetto vor allem prägte sich unter seinen Händen entzückend aus.

Bülow meint es auch mit dieser Kunstgattung viel zu ernst, als daß er sich dabei als Virtuos in den Vordergrund drängen und die Mitwirkenden tyrannisch unterdrücken möchte. Niemand kann mehr darauf bedacht sein, dem Organismus kammermusikalischer Kompositionen sich als fügsames Glied einzuordnen als er; keiner stellt in diesem Falle sein Licht lieber unter den Scheffel als er und wirkt mit größerem Eifer für das Ganze und dessen Gesamtwirkung als er.

Bülow spielt auch die Kammermusik meist auswendig; wer das ihm nachmachen will, „der trete vor" (um mit dem Heerrufer im „Lohengrin" zu sprechen.) Und wie sicher, wie imperatorisch behandelte er das Ganze von der ersten bis zur letzten Note, unbeirrt um alles, was einen andern vielleicht aus dem Konzept gebracht hätte. Man glaubte einen schlagfertigen

Improvisator vor sich zu haben und doch kann man sich nicht getreuer an den Notentext halten als er. Daß er, obgleich nirgends aufdringlich zu werden, doch in solchen Fällen die **geistige Führung** übernommen, wer hätte das nicht herausgemerkt aus der Gesamtauffassung, die überall überzeugend herausleuchtete, und aus der technischen Ausgefeiltheit, die in jedem noch so unscheinbaren Notenzuge zu beobachten war. Um ein volles Bild von Bülows Künstlertum sich zu verschaffen, muß man unbedingt auch nach dieser Seite hin ihn kennen gelernt haben. Auf diesem Gebiete hat er zugleich der Literatur manches, was der Vergessenheit unverdienterweise anheimzufallen drohte, noch rechtzeitig vor solchem Lose bewahrt; es sei nur an eines der spätesten Klavierquintette L. Spohrs erinnert; als er dasselbe seiner Zeit in London wieder „ausgrub", lohnte ihn reichlicher Dank nicht allein seitens der Spohrgemeinde (die allerdings in England noch zahlreichere und treuere Mitglieder zählt als in Deutschland, wo man die Spohrsche Kammermusik so gut wie für „begraben" hält, seit Schubert, Schumann und die neueren Romantiker vorzugsweise neben Haydn, Mozart, Beethoven die Programme beherrschen), sondern überhaupt alle Kenner des echten, unverfälschten Kammermusikstiles waren erfreut Bekanntschaft mit einem Werk zu machen, von dessen Vorhandensein vorher die Wenigsten noch eine leise Ahnung nur gehabt.

Es ließe sich ebensogut manches neuere Werk dieser Kategorie nennen, für welches er in die Schranken getreten, und damit dessen Anerkennung in der Öffentlichkeit ebenso anbahnte als befestigte.

Zur Zeit ist es nur einer, der als Virtuos mit Bülow in die Schranken treten und in einem Atem mit ihm genannt werden kann: denn der andere, der mehrere Jahre hindurch noch mit in Frage kam — wer anders als Karl Tausig könnte gemeint sein, — ist seit 1878 nicht mehr am Leben. Der eine aber, der mit ihm die Konzertsäle beherrscht, heißt Anton Rubinstein: sie sind die beiden Hauptsäulen im Tempel der zeitgenössischen Klaviervirtuosität, um sie gruppieren sich in der nötigen Abstufung die jüngern Talente höhern und niedern Ranges. Wie groß aber ist der Unterschied zwischen ihren Individualitäten! Dort bei Rubinstein führt Phantasie, das ungeheure Riesenweib, das Szepter, hie und da wohl in bä-

monischer Lust ihn verlockend auf Seitenwege, vor denen dem
Hörer graust, ihn aber auch führend in Bezirke, wo parabiesisches
Entzücken ihn ergreift und wiedertönt aus seinem Spiele; hier
bei Bülow fühlt man überall die Macht eines außerordent=
lichen Verstandes, einer untrügbaren Intelligenz heraus, die
kein höheres Gesetz erfüllen mag als den künstlerischen Intentionen
der großen Meister vollständig gerecht zu werden und ihr Evan=
gelium lauter und rein in möglichster Notentreue zu ver=
künbigen.

Rubinstein, getragen von den Fittigen einer nachhaltigen
Inspiration, muß so spielen, wie die gebietende Stunde es ihm
vorschreibt: Bülow, der Mann zähester Selbstbestimmung, spielt
niemals anders, als er gerade sich vorgenommen, niemals anders
als er will: in diesem Rubinsteinschen „Müssen" und in dem
Bülowschen „ich will" kann der Schlüssel gefunden werden
zu einer richtigen Erschließung des Hauptunterschiedes im Ge=
samtwesen beider Virtuosen.

Wo die Glanzseiten des einen, wo die des andern Künst=
lers zu suchen sind, wird wohl keinem mehr unklar sein;
kommt es darauf an, durch die Kunst des Anschlags, durch zar=
teste Beseelung den toten Noten Leben einzuhauchen, mit Ti=
tanenmut den Olymp zu erstürmen, und auf den hartesten
Kampf die Wonnen des Friedens uns fühlen zu lassen in des
Herzens heilig stillsten Räumen; — kommt es darauf an, so
wird die Palme in den meisten Fällen Rubinstein zufallen:
handelt es sich aber darum, den Organismus eines Kunstwerkes
in vollster Klarheit zu enthüllen, Verwickeltes zu entwirren,
Dunkles aufzuhellen, die Schärfe musikalischer Dialektik zu ent=
falten, starke Kontraste als solche hinzustellen, sie aber auch
unter einander am Ende auszugleichen und durch ein kühnes
Schlußurteil zu imponieren, handelt es sich darum, so wird
wahrscheinlich Bülow Sieger bleiben. Damit soll aber nicht
gesagt sein, als ob es nicht bisweilen schiene, beide hätten die
Rollen mit einander gewechselt und die Prinzipaltugend des
einen sei auch die des andern geworden; es kann ja vorkommen
und ist vorgekommen, daß einer den andern auf seinem eigensten
Machtgebiet überflügelte. Das verhielt sich aber immer wie die
Ausnahme zur Regel und hebt für den genauen Kenner nicht
die entwickelten Charakterunterschiede auf.

Und was bleibt am Ende auch bei dieser Abwägung als

Schlußergebnis anders übrig als das Bekenntnis, das Goethe uns seinerzeit anempfohlen: freuen wir uns, daß die Kunst „zwei solche Kerle" besitzt, von denen jeder weiß, was er will; zwei Meister, die so verschiedenartig ihre Anlage, so entgegengesetzt die Wege sind, die sie einschlagen zur Erreichung des Virtuosenideals, ihrer hohen Sendung sich immerdar bewußt geblieben und sie erfüllt haben mit wahrhaft heroischer Ausdauer bis zu dieser Stunde.

Aufgabe des pianistischen Nachwuchses wird es immerdar bleiben, das Vorbild dieser beiden Meister fest im Auge zu behalten und bewundernd zu verweilen bei dem einen wie bei dem andern und dabei nicht zu vergessen, daß der Eine, der alles in sich vereinigte, was die Größe beider ausmacht, leider seit Jahresfrist nicht mehr am Leben ist und den ewigen Schlaf auf dem Bayreuther Friedhof schläft: der Eine war Franz Lißt.

III.

Hans von Bülow als Konzertdirigent.

In einer vollkommeneren Verfassung hat sich wohl noch kein herzogliches Orchester befunden als die leider nicht mehr Bülows Führung unterstehende Meininger Hofkapelle. Wie prächtig und gleichmäßig verschmolzen die einzelnen Instrumentalgruppen, daß man nur einen mächtigen, nach den verschiedensten Richtungen herrlich sich abstufenden Gesamtton zu vernehmen glaubte. Und fragte man sich nach dem Woher? dieses Eindruckes, so war die Antwort leicht gegeben: wo an der Spitze einer Kapelle ein Mann stand wie Dr. Hans v. Bülow, dessen imperatorischer Wille alles zum Gehorsam zwingt, ein Künstler, dessen reine und hellstrahlende Begeisterung jeden einzelnen mit sich fortreißt, ein kühner Steuermann, dessen überragende Intelligenz ihm eine felsenfeste Sicherheit gewährt, da allein war ein solches Ergebnis mit einer solchen Kapelle zu erzielen. Wie glücklich zu preisen war ein Orchester, wo ein Geist wie der des Führers in imponierender, unfehlbarer Entschiedenheit durchbrückte und der mutige Adlerblick des Feldherrn die kampf- und strapazengewohnten Truppen zu unvergeßlichen Thaten angespornt!

Es kann den Ruhm der Meininger Kapelle gewiß nicht beeinträchtigen, wenn man bei der Prüfung ihrer Einzelkräfte gewahr wurde, daß letztere ein anständiges Mittelmaß des Könnens nicht überschritten und unter sich kaum ein Mitglied aufzuzählen hatten, das imstande gewesen wäre, höhern virtuosen Anforderungen zu entsprechen (ungefähr in der Weise wie einst die Bilsesche Kapelle, die mit einem halben Dutzend sehr bedeutender Virtuosen aufwarten und verblüffen konnte).

Das gerade war das richtige Werkzeug, das geeignete Orchestermaterial, mit dem Bülow arbeiten konnte in unverkürzter

Freiheit; bildsam, biegsam, wohlgesinnt nahm es in sich freudig auf alles, was an Winken und Ratschlägen aus der weiten Willenssphäre des Vorgesetzten zu ihm drang. Nicht das Orchester ist das beste, das die meisten Instrumentalsolisten aufweist, sondern dasjenige, wo die Normaltüchtigkeit des einzelnen es bewirkt, daß die Gesamtverfassung den Eindruck des Vollendeten macht. Wer hat gehört, daß in einem Kriege jemals von den sog. Kraftmenschen, wie sie auf Messen und Märkten Bewunderung erregen, von Gymnastikern, Schnellläufern ꝛc. besondere Heldenthaten verrichtet worden wären? Von ihnen schweigt die Weltgeschichte; wohl aber hat die soldatische Normalkraft Fahnen und Kanonen erobert, wer weiß wie oft. Einer ähnlichen „Normalkraft" war auch die Meininger Hofkapelle zu vergleichen; und gerade deshalb war sie befähigt und berufen künstlerische Leistungen zu bieten, die selbst die von den größten Orchesterinstituten der musikalischen Weltstädte zuweilen in den Schatten stellten.

Wie Bülow sein Orchester geschult, mit welcher Sorgfalt er die Studien geleitet, wie er lieber eine Probe mehr als eine zu wenig angesetzt, wie er bald die Bläser, bald die Streicher zu Separatstudien heranzog, bevor er an eine Gesamtprobe schritt, davon wissen die Mitglieder wohl manches Lied in lustigem und melancholischem Tone zu singen. Sie alle aber fühlten auch den unschätzbaren Wert, die volle Bedeutung eines solchen Dirigenten. Und wenn es nötig gewesen wäre, irgend wo für ihren Führer durchs Feuer zu gehen, die Meininger hätten bewiesen, daß es ihnen furchtbarer Ernst sei mit ihrem Eifer für den Intendanten.

Der Wunder größtes aber in diesen Orchesterkonzerten war: Bülow dirigierte das Kleinste wie das Größte auswendig! Und bei ihm durfte man sich versichert halten: jede Note hat er von der jeweiligen Partitur im Kopf und der Orchesterspieler, der jemals den Dirigenten auf seine Gedächtnisstärke auf die Probe zu stellen gewagt, hätte bald dahinter kommen müssen, wie wenig mit H. v. Bülow zu spaßen. Die bescheidensten Stellen im zweiten Fagott weiß er, sobald es um Richtigstellung von Fehlern sich handelt, mit der gleichen Sicherheit zu bezeichnen wie sich klar zu machen über die sublimste Feinheit bezüglich der Nuanzierung, der Phrasierung, der Gesamtauffassung; nichts entgeht seinem klaren Auge, seinem un-

trüglichen Gehörsinn, und kraft dieser Eigenschaften, kraft seiner
zuverlässigen Haltung und männlichen Thatkraft wurde er der
getreue Eckart der Meininger.

Der Punkt, von welchem aus jede Parallele mit ähnlichen
Wanderkapellen vereitelt wird, war nicht in der etwa wesent=
lich andern Zusammensetzung oder in der numerischen Über=
legenheit zu suchen.

In dem Paulinischen Wort: „Der Geist ist es, der
lebendig macht," war der Schlüssel zum Geheimnis der über=
wältigenden Erfolge der Meininger zu finden. Fürwahr, der
von Bülow ausgehende Geist war es, der in jedem einzelnen
Mitglied, vom ersten Violinpult bis herab zur Pauke, sich be=
thätigte; sein Geist war es, der sich in überraschend feiner
Phrasierung, im Auffinden von andern nur oberflächlich be=
rührten oder auch ihnen gänzlich entgangenen Schönheiten offen=
bart und in einer geistbeschwingten Gesamtauffassung, die uns
gar manches in einem neuen, strahlendern Lichte erscheinen ließ.
Der Bülowsche Geist war es, der jedem Instrumente inner=
halb der Schranken gegenseitiger Rücksichtnahme vollste Freiheit
gönnt und jeden einzelnen mit dem edlen Ehrgeize erfüllte,
das beste beizutragen zur Gesamtwirkung; der Bülowsche Geist
war es, der in der zum großen Teile aus jungen, frisch auf=
strebenden Kräften bestehenden Kapelle sein lautes Echo fand.
Vollkommen trifft zu, was Otto Leßmann in seiner „Allgemeinen
deutschen Musikzeitung" geschrieben: „Wer Bülow kennt, weiß
daß dieser Mann in seiner Wirksamkeit nur eines anerkennt:
die Kunst in ihrer ganzen Reinheit und Erhabenheit. Bülow
opfert sich und jeden persönlichen Vorteil seiner künstlerischen
Mission zu Liebe und alle schroffen und verletzenden Seiten
seines Wesens sind allein auf das Verlangen zurückzuführen,
seinem Kunstideal, das so hehr und rein ist wie nur je das
eines begnadeten Künstlers es war, in ganzer Hingebung zuzu=
steuern. Daß er seine Stellung als Intendant der Hofkapelle
in Meiningen seinen Idealen bereits dienstbar gemacht, beweisen
ihre Konzerte. Bülow hat als ein musikalischer Prometheus in
den Himmel gegriffen und dort einen Funken des göttlichen
Feuers genommen und den Orchesterkörper belebt, wie seine
eigene Seele davon durchdrungen ist."

Dafür legte jeder der Bülow=Meininger Abende beredtes
Zeugnis ab und wer erinnerte sich nicht gern an sie!

Wenn man erwägt, wie ledern und trocken für gewöhnlich von den Dirigenten und den Orchestern Beethovens erste C-dur Symphonie angefaßt wird und wie Bülow mit seinen Getreuen sie wiedergab, sodaß man nun dort funkelnde Prachtgeschmeide fand, wo früher kleinliche Holzschnitzereien zu liegen schienen; wenn man sich erinnert, wie wenig im allgemeinen vorher von der Ouverture zu „König Stephan" gehalten wurde, so that man in der Stille nunmehr, da ein so naives Tonbild in der herrlichen orchestralen Sonnenbeleuchtung vor uns stand, dem Komponisten gerührt Abbitte und lernte erst das Werk nach Gebühr zu schätzen. Man müßte Seite für Seite der Partituren zur großen Leonorenouverture, zur „Eroica", zur C-moll, zur Pastoralsymphonie durchnehmen, um alle die einzelnen Takte mit dem Finger zu bezeichnen, wo Bülow interpretatorisch eigenen, ungewohnten Wegen nachgegangen.

Diese Beethovenabende haben sich tief eingegraben in das Gedächtnis aller hochenthusiasmierten Zuhörer. Zugegeben selbst, daß in der A-dur Symphonie Bülows Auffassung sich bekämpfen lasse, daß z. B. das Einfügen von Pausen und sehr lange Ritardierungen (z. B. im ersten Satz und auch in der „Szene am Bach" der Pastoralsymphonie, wo es um die bekannte Fagottsolostelle sich handelte) kaum aus dem Geiste des Ganzen mit zwingender Notwendigkeit sich ergaben, da ja Beethoven, wenn er einen derartigen Effekt wirklich beabsichtigt hätte, sicherlich ihn besonders angedeutet haben würde; zugegeben also, daß an diesen und ähnlichen Stellen das persönliche Belieben des Dirigenten zu weit ging, so bezeugte sich in andern Modifikationen wiederum ein so überzeugungskräftiger Geist, ein so energisches Reproduktionsgenie, daß man ihm unbedingt sich unterwerfen und sich nur mitunter wundern mußte, warum andere Dirigenten auf Bülows Ideen und anscheinend so naheliegende Kunstgriffe nicht auch schon gekommen: die Geschichte vom „Ei des Kolumbus" wiederholte sich eben auch in diesem Falle. Das Hauptthema der Koriolan-Ouverture z. B. nahm er viel wuchtiger und breiter als die landläufige Praxis es will.

Der damit gewonnene große Vorteil springt in die Augen; nicht nur daß dadurch die technische Klarheit, die beim gewöhnlichen Allegro-Usus im klippenreichen Durchführungsteil für die Figur der Bratschen und Violoncelle meist gefährdet bleibt, außer Frage kommt, so gewinnt auch der Charakter des Helden

selbst, der doch in diesen Takten hingestellt werden soll, an
Würde und Größe: die zarte Kantilene, bei der man ja wohl
an das inständige, heiße Flehen der Mutter und der Gattin
des starren Aristokraten denken darf, wirkt dann um so ein-
dringlicher und vornehmer. So befremdlich zuerst in der Eg-
montouverture die auffallende Verlangsamung des As-dur Seiten-
satzes erschien, so versöhnte jeder sich doch bald mit ihr, sobald
er die Berechtigung der Intention erkannte, an diesem Passus
die niederschreckende Schicksalsentscheidung zu markieren und indem Bülow später allmählich das Zeitmaß beschleunigte und
auf die Belebtheit des Ausgangspunktes lossteuerte, fehlte nichts
zu einem vollständig versöhnenden, rhythmischen Ausgleich.

Die Einleitung der A-dur Symphonie erhielt durch sorg-
fältigste Schattierung der bekannten Sechzehntelpassagen ein
höchst anziehendes Gesicht, im Allegro, dessen erster Teil nicht
wiederholt wurde (worüber wahrscheinlich Prof. Emil Naumann
als orthodoxer Verfechter der Teilwiederholung sich betrübt haben
würde, während wir derartige Repetitionen für gleichgültig halten)
breitete sich der große, elftaktige Orgelpunkt majestätisch aus;
wunderbar schön stufte sich im Fugato des zweiten Satzes dessen
zweite Hälfte von dem gemessenen Thema ab, echoartig verhallte
es und noch im Schlußakkord klang eine außerordentlich feine
Nuanzierung durch. Das Scherzo wurde von Haus aus keineswegs überhastet, um durch eine successive Beschleunigung es in
verschiedener Beleuchtung zu zeigen. Für das Trio fand Bülow das breiteste Tempo angebracht; seiner Durchführung stand
nichts im Wege, da bezüglich jener gefährlichen, ein schnelleres
Zeitmaß wünschenswert erscheinen lassenden Trompetenstelle eine
instrumentale Modifikation getroffen war, die gewiß nur auf
Seite der unerbittlichen Puristen keine Billigung findet. Wie
viele Überraschungen bot uns Bülow im Finale! Das wohlige
Behagen an einer der göttlich-naivsten Tanzweisen, die durch-
greifenden Einschnitte im Rhythmus, alles das und noch unzählig
vieles, was man nur mit der Partitur in der Hand andeuten
könnte, bereicherte die gesamte Zuhörerschaft mit völlig neuen
Eindrücken.

Wenn an den Mendelssohn-Schumannabenden von
der Kapelle die Ouverture zur „schönen Melusine", die A-moll
Symphonie nahezu ebenso mustergültig zu Gehör gebracht wurde
wie vom Leipziger Gewandhausorchester, das in der Mendels-

sohnschen Tradition lebend, alle graziösen Feinheiten seiner Muse aufs genauste kennt und ihnen mit peinlichster Gewissenhaftigkeit gerecht zu werden von jeher bestrebt war, so gebührte dem Bülowochester schon aus diesem Grunde das wärmste Lob.

Die Schumannschen Kompositionen, die damals auf dem Programme der Meininger standen, zählten zu den minder bekannten und minder wertvollen: die Ouverture zur „Braut von Messina" und zu Goethes „Hermann und Dorothea", das Violoncellokonzert (A-moll) wie die Violinphantasie, alle der letzten, unglückseligen Schaffensperiode des Meisters entstammend, können eine Konkurrenz mit den oben genannten reifsten Mendelssohnschen Orchesterschöpfungen nicht aushalten und trotz sorgfältiger Ausführung blieb ihre Wirkung eine nur mäßige. Was Bülow zu diesen Werken greifen ließ? Gewiß nur das Bedürfnis, diese Werke, der völligen Vergessenheit zu entreißen und wenigstens den Versuch zu einer Einführung im Konzertsaal mit ihnen zu machen; und dieser Versuch mußte schon aus Gründen der schuldigen Pietät gegen einen Tondichter wie Schumann auf vollste Billigung rechnen.

Am relativ wertvollsten in allen diesen Kompositionen ist der Seitensatz in der ersterwähnten Ouverture; der süße Klarinettengesang, der wohl an Beatricens Reinheit und beglückende Erscheinung denken läßt, tönt wie ein Nachklang an die schwärmerische, innige Eusebiusepoche Schumanns; auch die wild-bewegt leidenschaftlichen Elemente der Musik, obwohl weniger aus dem Vollen schöpfend, regen das Interesse an und stellen eine Brücke her zu den Vorgängen der Schillerschen Schicksalstragödie; viel zu selten leider schickt man bei den Aufführungen im Theater die stimmungsfördernde Schumannsche Ouverture voran.

Für den Brahmsabend, dessen glänzendste Inscenierung ihm zu einer besondern Herzenssache geworden, hatte Bülow nicht allein die C-moll Symphonie, die „Variationen über ein Haydnsches Thema" aufs Programm gebracht, auch das 1860 entstandene D-moll Klavierkonzert, mit dem Brahms einst im Gewandhaus das ausgesprochenste Fiasko gemacht, hatte er ihm einverleibt; sicherlich eine kühne That.

Mit dem D-moll Klavierkonzert haben sich bis heute immer nur wenige Pianisten erst befreundet; in neuerer Zeit scheint man sogar das zweite, aus B-dur, zu bevorzugen und häufiger dem Publikum vorzuführen. Um so mehr fällt Bülows Vorgehen ins Gewicht und bahnt ein besseres Verständnis des Verkannten an.

Freilich erfordert gerade dies Werk einen außerordentlichen Interpreten, der mit starker Hand die Fäden des Klavierpartes, der leicht vom symphonischen Orchestergewebe verdeckt werden kann, zusammen zu halten, die technischen Klippen siegreich zu bewältigen und in erster Linie den innern Gehalt des Werkes klarzulegen versteht. Wer hätte je solche Voraussetzungen besser erfüllt als Dr. Hans von Bülow? In sich alle die Eigenschaften vereinigend, mit denen das Werk rechnet, brachte er dasselbe in jedem Sinne zu bester Geltung; die Größe seiner Künstlerschaft offenbarte sich hier im bewunderungswürdigsten Grade. Obwohl am Flügel sitzend, gab er gleichzeitig dem Orchester die mannigfaltigsten Direktiven, sodaß der eigentliche Dirigent dieser Komposition, H. Hofkapellmeister Mannstädt aus Meiningen, fast überflüssig schien. Wahrlich eine erstaunliche Geistessicherheit in der Doppeleigenschaft des Virtuosen und Dirigenten. Das Publikum jauchzte der Ausführung lebhaftesten Beifall zu, den aber Bülow, indem er verbindlichst auf die Partitur und den Namen Brahms hinwies, zunächst auf das Werk selbst, nicht auf seine Leistung bezogen wissen wollte: eine fast zu demonstrative Bescheidenheit, bei der dem Hörer sich mancherlei zu denken gestattet sein mußte. Doch auch noch nach andern Richtungen sorgte der Brahmsabend für verschiedenartige Überraschungen.

Warum Bülow den dritten Satz der Symphonie, ohne daß ein lautes da capo Verlangen zu vernehmen war, wiederholen ließ, blieb den Meisten ein Rätsel; noch rätselhafter fanden viele den Inhalt der kleinen Ansprache, zu der sich Bülow am Schlusse des dritten Satzes veranlaßt sah. Er sprach: der heutige Brahmsabend sei auf Wunsch seines Herzogs veranstaltet worden, um dem Komponisten Johannes Brahms Satisfaktion zu verschaffen für die ihm am 1. Jan. dieses Jahres (1882) im Gewandhaus zu teil gewordene (unwürdige) Aufnahme. Der Sinn dieser Worte wollte keinem recht einleuchten und namentlich denen nicht, die in jenem erwähnten Konzert anwesend waren, wo Brahms nicht allein mit Jubel begrüßt ward, sondern auch für sein neues B-dur Klavierkonzert ehrende, wenngleich nicht aus Rand und Band gehende Anerkennung fand. Einer „Satisfaktion" also für Brahms hat es nach dieser

Richtung im Leipziger Gewandhaus nicht beburft. Im Zu=
stande nervöser Gereiztheit laufen dem gefeierten Künstler so
mancherlei Irrtümer und Unbegreiflichkeiten mitunter; er fühlt
sich dann herausgefordert zu rhetorischen Plänkeleien, die zu=
dem schon aus äußerlichen Gründen die beabsichtigte Wirkung
verfehlen und viel häufiger Kopfschütteln hervorrufen als Zu=
stimmung finden können; denn der „Rede Zauberfluß" ist
ihm sogut wie versagt und darüber sollte er, der kein Faust
zu sein braucht, sich weiter nicht grämen. Daß er, der Kluge,
Welterfahrene, noch nicht glauben wollte an die Wahrheit des
alten Wortes: Reden ist Silber, Schweigen Gold! Wieviel Un=
heil er mit seiner Zunge bereits angerichtet, ist schwer nachzu=
rechnen. Kam es doch sogar vor, daß an manchen Orten, wo
er Konzerte angesetzt, ihm die Polizei in wohlwollender Für=
sorge im voraus rhetorische Übungen untersagen mußte: denn
die Erfahrungen, die sie so oft über den rednerischen Teil der
Bülowkonzerte gesammelt, ließen schlimmes befürchten und
mahnten auf alle Fälle zur Vorsicht.

Man kann sich diese Redelust nur soweit erklären, als
man annimmt, es steckt in Bülow noch etwas von jenem Ultra=
rabikalismus der Berliner Zeit 1848—49, wo jeder Partei=
genosse den Tag, die Stunde für verloren ansah, da nicht eine
Redeschlacht geschlagen wurde und das „kleine Ding", das nach
des Apostel Jakobus Meinung, oft große Dinge anrichtet, in
Thätigkeit sich gesetzt sah. Oder sind noch bessere Gründe vor=
handen? Sie kennen zu lernen, dürfte nicht interesselos sein;
noch viel besser aber wäre es, wenn Bülow von dieser Krank=
heit vollständig genäse und von jetzt ab nicht mehr in sie zu=
rückfiele. Um so heller strahlt dann das Licht, das von ihm,
dem hochverehrenswerten Dirigenten ausgeht.

Welcher Wert einer planvollen Programmanordnung zu=
zuerkennen sei, was sie vermöge, das hat auch so manches andre
der von Bülow geleiteten Konzerte klar gelegt, wo es nicht
auf bestimmte Komponistenabende abgesehen war, sondern auf
die Vorführung von Werken verschiedener älterer wie neuerer
Meister.

Nicht selten ließen sie sich einem langen, sicher sich voll=
ziehenden Crescendo vergleichen, bei dem der Gipfel, der krö=
nende Höhepunkt erst in der letzten Programmnummer erreicht
werden sollte.

Wenn Bülow z. B. ein Konzert mit der Berlioz'schen
Ouverture zu Byrons „Korsar" eröffnete, auf sie die F-dur
Symphonie von Brahms folgen ließ, weiterhin die Wagner=
sche „Faust=Ouverture" bot, um mit den drei ersten Sätzen
aus Beethovens „Neunter" zu schließen, so war dem Gesetz
der Steigerung auf das vollkommenste entsprochen und jeder
gestand sich, mit einer Fülle von gewaltigen Eindrücken und
Anregungen bereichert worden zu sein. Die Berlioz'sche Ou=
verture ist übrigens der ihr gewidmeten Berücksichtigung ebenso
würdig wie jedes andre effektvolle Orchesterstück und man be=
greift nicht recht, warum andre vor ihr sich fürchten. Was
wäre denn an ihr so bedenklich, daß sie nicht längst schon in
den besten deutschen Konzertinstituten hätte heimisch werden
können? Tritt in der Einleitung nicht eine breite Melodie von
herzgewinnendster Natürlichkeit, ohne jedweden kunstrevolutio=
nären Hintergedanken, vor uns hin, und was wäre gegen den
Feuerstrom des Hauptallegros weiter vorzubringen, als daß der
Abschluß etwas ins derb= Volkstümliche sich verliert? Welcher
Kontrast nun zwischen Berlioz und Brahms mit seiner F-dur
Symphonie in einer Ausführung, die so fein durchdacht, bis
ins kleinste prachtvoll herausgearbeitet war, daß wohl keiner
anzugeben wußte, wie das erste Allegro weihevoller, das An=
dante wohllautgesättigter, der dritte Satz charakteristischer, das
Finale klarer und geistig belebter vor dem Hörer hätte er=
scheinen können! Sollte man es aber glauben, daß trotz alledem,
die darauf folgende „Faust=ouverture" noch größere und packendere
Wunder bewirkte und der Vorgängerin in mehr als einer Hin=
sicht sehr gefährlich wurde? Was wir bis dahin an Auffüh=
rungen dieses Werkes erlebt hatten, verhielt sich zu der Bü=
low'schen Wiedergabe wie stümperhafter Versuch zu zielbewußter
Meisterschaft. Was an dämonischer Wucht, Kontrastfülle und
innerster Seelensehnsucht in dieser Ouverture liegt, hat der
nachfühlende Dirigent uns in sonnenhafter Klarheit enthüllt und
so erst erfuhr man, welcher Ehrenplatz ihr in unserer Litteratur
und im besondern unter Wagners Instrumentaltondichtungen
zukommt. Wer so glücklich gewesen, eine vollständige Auf=
führung der „Neunten" unter Bülows Leitung zu erleben, der
weiß, wie eigenartig, groß und kühn des Dirigenten Auffassung
ist, welcher Unterschied zwischen ihr und der üblichen akade=
misch=kühlen Schablonenbehandlung obwaltet. Welche Sprache

führen bei ihm jene Baßrecitative, von deren Bedeutsamkeit selten jemand in dem Maße überzeugt ist wie er, der es sich allerdings auch viel Schweiß kosten und keine Mühe sich verdrießen läßt, den Spielern gerade diese Stelle zum klarsten Bewußtsein zu bringen. Im Adagio die Breite des Tempo bis an die Grenze des möglichen treibend, um so die himmlische Süße des Klarinettengesanges voll sich ausklingen zu lassen, wahrt er dem ersten Allegro in jeder Note den Geist der weltenfernen Erhabenheit und verwirklicht alles das, was nach Wagners berühmtem Programm aus diesem Satz herausgeholt werden muß. Die rhythmischen Spitzen des Scherzo, wie weiß Bülow sie hervorragen zu lassen und in dem D-dur Trio zu welch lebendigen Effekten verhilft er den Schlußtakten der betr. Perioden! Man darf jede Stadt Deutschlands oder sagen wir noch richtiger des In- und Auslandes glücklich preisen, die mit dieser Bülowschen Direktionsweise in Beethovens „neunter" Bekanntschaft gemacht: denn sie alle wissen und haben mit eigenen Ohren erfahren, was durch sie erzielt wird an Würde und erhebender Weihe fürs Kunstwerk. Beklagen aber darf man alle, die lieber am althergebrachten Buchstabenglauben hängen bleibend nicht freudig zujauchzen den geisterfüllten Bülowschen Neuerungen, die doch im Grunde nichts weiter sind als großartige Enthüllungen eines herrlichen Kunstgeheimnisses, nichts weiter als goldne Früchte einer jahrelangen Schatzgräberarbeit.

IV.

Hans von Bülow als Organisator und Pädagog.

Seit seiner Berufung nach München 1867 entfaltete sich Bülows organisatorische, direktoriale, pädagogische Begabung zur vollsten Blüte. Hier wo er mit der Würde des Konservatoriumsdirektors zugleich das Amt des Opern- und Konzertdirigenten zu bekleiden und einer vielseitigen musikalisch-pädagogischen Wirksamkeit sich zu unterziehen hatte, häuften sich auf seine Schultern Lasten, die unter Tausenden erst nur einer tragen kann; und erst dann erliegt er ihnen nicht, wenn das gütige Schicksal ihm soviel Zähigkeit und Widerstandskraft verliehen, als Bülow besitzt.

Ein Bericht aus jenen Tagen faßt die Summe seiner Münchener Thätigkeit in den Worten zusammen: „So groß Bülow als Künstler ist, ebenso bedeutend ist er als Lehrer, Organisator und Dirigent, wobei einesteils sein allumfassendes Wissen, anderenteils seine große Energie und unglaubliche Arbeitskraft sich voll entfalten können. Bülows vortreffliche Opern- und Konzertleitung wird wesentlich unterstützt und gehoben durch die energische und echt künstlerische Intendanzführung des Freiherrn von Perfall, der sich — ein seltener, glücklicher Fall — mit seinem Kapellmeister in vollkommener Übereinstimmung befindet, nach denselben Prinzipien handelt und dieselbe Richtung verfolgt. Im Jahre 1868 kamen unter dieser ersprießlichen Gesamtleitung Wagners „Meistersinger" zur ersten Aufführung. Mit welchem Erfolg, ist bekannt. Außerdem erwarb Bülow in demselben Jahre noch fünf neue und zwölf neueinstudierte Opern dem Repertoire, das sich durch seine gediegene Zusammenstellung gleichfalls als mustergültig bewährt. Fürwahr eine Leistung, die alles weit hinter sich läßt, was die übliche Kapellmeistermethode zustande zu bringen vermöchte! Und was befähigte ihn zu solchen

Wunderthaten? das heiße Verlangen, dem Ideale sich zu nähern, was er sich gebildet von der Verlebendigung der ausgewählten Kunstwerke auf der Bühne. Das eben verlieh seinem Gesamt= wirken eine so erstaunliche Schwungkraft, daß es nicht bloß dem landläufigen Begriff der Pflichterfüllung, (wie sie jedem Beam= teten obliegt) aufs vollständigste Genüge that, sondern daß es von ihr nur den Ausgangspunkt nehmend, nicht eher Rast noch Ruhe sich gönnen mochte, als bis der Idealismus des Künstlers sich befriedigt erklären konnte von dem realen Erfolge des Ka= pellmeisters; daß er gleichsam zwei Instanzen in sich vereinigt, von denen die höchste die Kontrole führt über die andere, hebt ihn außerordentlich über die Mehrzahl der dirigierenden Kollegen.

An der Münchener Musikschule hatte er lange wie ein treuer Gärtner, der jeder Pflanze die peinlichste Sorgfalt zu widmen hat, bevor er sie in voller Farbenfrische begrüßen kann, sich zu gedulben, ehe von erheblicheren Ergebnissen die Rede sein durfte: was an gediegenen, anregenden Lehrkräften sich er= werben ließ, das führte er seinem jungen Institute zu und er pries sich glücklich, als es ihm gelungen war, z. B. für die Harmonielehre in Peter Kornelius, dem auf verschiedensten Wissenszweigen reich beanlagten Tondichter, einen Mann zu finden, der seinen Schülern ein sicherer Führer und Förderer nach mehr als einer musikalischen Richtung hin werden mußte.

In den höheren Klassen für Pianofortespiel traten natür= lich nach einiger Wartezeit die erfreulichsten Resultate zu Tage: war er doch auf diesem Felde der strahlende Stern, zu dem keiner vergeblich aufblickte, der von seinem, des Meisters Licht, sich erleuchten lassen wollte. Was jeden Unterricht allein am durchgreifendsten fördert: Lehre und Beispiel, das fand sich in Bülow vereinigt, dessen theoretisches Wissen im praktischen Können den treuesten Bundesgenossen gefunden und solcher Ver= bindung konnte ein nachhaltiger pädagogischer Erfolg nicht aus= bleiben.

Heimisch in den erzieherischen Grundsätzen unserer Kunst= koryphäen wie kaum ein zweiter, da er von allen Meistern, deren Schule er genossen (z. B. von Wieck, Mendelssohn, Lißt, in der Theorie Hauptmann) das beste in sich aufgenommen und befähigt worden, es auf seine Schüler zu übertragen, mußte er der Mittelpunkt, der Hauptpfeiler, die Seele eines Institutes sein, das alle ähnlichen des In= und Auslandes zu überflügeln versprach.

Was alles zusammengewirkt, um ihn nicht länger an diese, seine eigenste Schöpfung und an seine übrigen Münchener Ämter zu fesseln, das aufzuzählen würde zu unerquicklichen Erörterungen und wenig angenehmen Weitläufigkeiten führen. Genug, mit Bülows Austritt sank manche schöne Hoffnung in sich zusammen und betrübt erlebte man noch einmal das resignationstraurige Wort: „Nicht alle Blütenträume reifen."

Wie man sich Franz Lißt kaum anders denken kann als umgeben von einer aus allen Weltgegenden herbeigeströmten Schüler= und Schülerinnenschar, wie an diesem Zweige des Wirkens er bis zum letzten Sommer seines Lebens die herzlichste Freude zu haben schien, so mag auch Bülow nicht völlig der pädagogischen Thätigkeit entsagen und wieviel sie gerade jetzt zu bedeuten hat, da Weimar öde und verwaist geworden, braucht des weitern nicht erörtert zu werden. Seit Raffs Tod weilt er jedes Jahr längere Zeit in Frankfurt a. M. und hält am dortigen Konservatorium, wenn man so sagen darf, pianistische Vorlesungen; nicht aber im Tone eines langweilenden Professors, der seine Weisheit aus einem alten, verstaubten Hefte vorträgt, sondern mit einem Feuer, einem Leben, einer Angeregtheit, der selbst bis zu einem gewissen Grade dramatisches Interesse nicht fehlt, widmet er sich diesen Lehrstunden, daß seinen Hörern die Stunden wie Minuten verfliegen: was sein Auditorium mit nach Hause trägt, besitzt es zwar nicht schwarz auf weiß; aber es prägt sich tief ein, was der Meister vor ihm praktisch entwickelt hat.

Im Gegensatz zu Franz Lißt, der besonders in den letzten Jahren als Lehrer sehr weitgehende Milde walten ließ, führt Bülow ein strenges Regiment und will lieber durch rückhaltlose Offenheit den Talentschwachen verletzen als ihn ermuntern durch bemäntelnde Liebenswürdigkeit. Wenn früher Bülow zu Zeiten einen kürzeren Aufenthalt in Weimar nahm und als Stellvertreter Lißts einige der Schüler und Schülerinnen überhörte, zog mancher mit langer Nase ab, der sich auf irgend welches Lob gefaßt gemacht: denn Bülow, wie er es mit sich stets sehr streng genommen, sah nicht ein, warum er mit andern es zu leicht nehmen solle. Wir bekamen, soll er einst bei einem Vergleich seiner Lehrjahre bei Lißt mit denen der

Letztzeit gesagt haben, „wir bekamen einst mehr Grobheiten als Anerkennungen zu hören; jetzt ist es in Weimar gerade umgekehrt." Und diese Beobachtung mag ihn wohl veranlaßt haben, den Schülern gegenüber lieber straffere Saiten aufzuziehen als zu schlaffe. Bülow lehrt in Frankfurt publice, sed non gratis; das Honorar aber, das ihm diese intermittierende Professur einbringt, überweist er einer **Raff-Stiftung** und giebt damit einen neuen Beweis von Hochsinn und Uneigennützigkeit, die aufs wohlthuendste berührt und erfreulich absticht von jener Geldgier und Habsucht, der von den ältern Virtuosen namentlich Hummel gefröhnt haben soll und der noch heutigen Tages mancher im übrigen sehr obskure pädagogische Halsabschneider ergeben ist.

Wie viele kritische Bearbeitungen und **instruktive Ausgaben** hat Bülow seither veröffentlicht! Wo immer man auf derartigen Heften den Namen des Herausgebers erblickt, darf man versichert sein, daß Bülows sichtende Hand, sein ordnender Verstand, sein klarer Geist, eine reiche Kunsterfahrung und pädagogischer Scharfblick überall sich bethätigen und zum Durchbruch gelangen. Wie Bülow der heftigste Feind ist von allen Halben und Unzuverlässigen, so macht er sichs auch in dieser Hinsicht nirgends leicht und bohrt das Bret nicht da, wo es am dünnsten, sondern da, wo es am dicksten ist. Ein selbst nur oberflächlicher Vergleich einer seiner Editionen mit irgend welcher andern, vielleicht gleichfalls guten Ausgabe wird in den meisten Fällen die Bülowsche Überlegenheit außer jeden Zweifel stellen und einen überraschenden Reichtum seiner Gesichtspunkte ergeben.

Als Arrangeur und Transskriptor ist er ein Muster von Exaktheit und geschmackvoller Behandlungsart. Was er in dieser Eigenschaft geleistet, füllt viele Hefte und bezieht den Stoff aus der ältern wie aus der neuesten Zeit.

Von den Meistern des vorigen Jahrhunderts hat er dem Joh. Seb. Bach, Händel, Philipp Emanuel Bach, auch Gluck mancherlei sinnige Opfer in glücklichen Bearbeitungen dargebracht; am höchsten unter den ältern italienischen Klavierkomponisten stellt er den Domenico Scarlatti, dessen Sonaten er in trefflicher Auswahl zusammengestellt und mit allem versehen hat, was ihren Reiz erhöhen und dem Verständnis uns näher bringen kann. Dem klassischen Etudenkomponisten Kramer widmete er lange Zeit hierdurch pädagogische Studien, deren Ergebnis wir in seiner Auswahl von 50 Kramerschen Etuden niedergelegt finden; sie ist dadurch überaus lehrreich und von großer praktischer Bedeutung, als sie mit einem Vorwort begleitet worden, in welchem Bülow wahre Worte pädagogischer Weisheit und künstlerischen Scharfblicks in reichem Maße niederlegt.

Viele der Klavierkompositionen Karl Maria v. Webers hat er einer gründlichen Revision unterzogen. Was er von den Orchesterwerken Liszts, Berlioz' und Wagners für Klavier teils arrangiert, teils übertragen oder freier paraphrasiert hat, ist aus jedem größeren Katalog zu ersehen; der auf diese Arbeiten verwandte Fleiß muß ebenso angestaunt werden wie die äußere, glänzende Form, in der er sie zu kleiden verstand. Den Berufsarrangeurs, den keuchenden Handwerkern, die immer zu thun haben, wenn die Könige bauen, mögen diese Bülowschen Editionen, die ganz und gar nichts mit der geschäftsmäßigen Ware gemein haben, ein Dorn im Auge sein; sie sind aber ein Labsal für jeden, der auch in einer Übertragung künstlerischem Feinsinn begegnen und möglichst laut das Rauschen der Geistesflügel vernehmen will, wie es vom Originalwerk, in der Originalfassung gern in seiner Erinnerung lebt.

Das vollendetste aber auf dem gesamten Gebiete der neuen Übertragungslitteratur ist unstreitig Bülows Klavierauszug von Wagners „Tristan und Isolde" sowie zu Glucks „Iphigenie in Aulis" (in der Wagnerschen Bearbeitung). Wer den ungeheuern Apparat kennt, mit dem Wagner in „Tristan und Isolde" arbeitet, wem die ganz eigenartigen instrumentalen wie vokalen Verwicklungen dieser Partitur zum Bewußtsein gekommen, der ahnt vielleicht, wieviel Scharfsinn, wieviel Kunst und technisches Geschick dazu gehört, um von dem Riesengemälde eine gedrängte Nachbildung zu geben, die in den Hauptzügen die Treue gegen das Original wahrt und doch zugleich den Anforderungen der klavieristischen Spielbarkeit wie der ungetrübten Übersichtlichkeit gerecht wird. Bülow hat sie erschöpfend erfüllt und in diesem Klavierauszug alles in den Schatten gestellt, was sonst noch tüchtiges und anerkennenswertes auf diesem Gebiete aus älterer und neuerer Zeit vorhanden sein mochte.

V.

Hans von Bülow als Schriftsteller.

Es ist bereits erwähnt worden, auf welchem Boden Hans von Bülow in der Öffentlichkeit die ersten schriftstellerischen Versuche unternommen; der jugendliche Heißsporn hatte als Student von einigen Semestern in Berlin den Ultraradikalen sich angeschlossen; in den Spalten der „Abendpost" legte er sein politisches Glaubensbekenntnis, Zeitbetrachtungen nieder, denen als Motto meist das Mephistophelische Wort dienen konnte:

„denn alles was besteht, ist wert, daß es zu Grunde geht."

Es ist charakteristisch auf alle Fälle dieses litterarische Berliner Debut, kein Künstler außer ihm darf auf ein ähnliches zurückblicken und wer weiß, ob man nicht ein gut Teil jener Streitbarkeit und handfesten Drastik, die auch seinen weit späteren Auslassungen öfters eigen ist, auf diese Versuche in der Berliner „Abendpost" vom Jahre des Unheils 1848 zurückzuführen hat. Auf alle Fälle kündigte sich schon in diesen vulkanischen Herzenserleichterungen ein ausgesprochenes schriftstellerisches Talent an, das sich nur einem Läuterungsprozeß zu unterziehen und den Wissenshorizont zu erweitern brauchte, um auf ernstliche Beachtung rechnen zu dürfen.

An Anregung und unmittelbaren Aufforderungen zu schriftstellern hat es ihm denn auch späterhin nicht gefehlt; zumal Franz Lißt drang darauf, daß der schlagfertige Jüngling die Feder nicht eintrocknen läßt im Tintenfaß.

Nach seiner Überzeugung, die er wiederholt, am ausführlichsten in seinem bedeutenden Schumannaufsatz (Lißts Ges. Schriften, Band 4, Leipzig, Breitkopf u. Härtel) zur Aussprache gebracht, konnte nur dann erst auf eine Besserung des öffentlichen Kunstgeschmacks, auf eine Verständigung mit den Axiomen

des modernen Kunstgeistes gerechnet werden, wenn die schreib=
fähigsten Musiker selbst zur Feder griffen und nicht mehr das
Urteil über die wichtigsten Kunstfragen ausschließlich Leuten
überließen, die in den seltensten Fällen mit einiger Fach= und
Sachkenntnis ausgerüstet, von der Musik kaum anders als wie
der Blinde von der Farbe zu sprechen und zu schreiben wußten.
Was an fähigen Köpfen zu jener Zeit, Anfang der 50er Jahre,
um Lißt sich geschart, das mußte sich, wenns nötig schien, auf
den litterarischen Kampfplatz begeben und irgend einem dumm=
dreisten Goliath den Garaus machen. Es hatte sich gleichsam
eine musikalische ecclesia militans in Weimar gebildet, die mit
lautem Trommelschlag ihre Truppen ins Feld schickte und mit
Jubel sie begrüßte, wenn sie mit wehenden Fahnen und klin=
gendem Spiele aus der Schlacht zurückkehrten. In Hans von
Bülow besaß sie einen Soldaten, dessen Mut nicht hinter
seiner Angriffslust zurückblieb. Nicht umsonst hatte a. a. O.
Franz Lißt einst geschrieben: „... Hans von Bülow wird nicht
um Tinte zu seinen Partituren verlegen sein, weil er vordem
manchen Tropfen zu beißender und geistvoller Jronie ver=
brauchte". In den früheren Jahrgängen der „N. Zeitschrift"
lassen sich genau die Waffengänge verfolgen, die Bülow gethan
und auch in andern, politischen wie Fachzeitungen, begegnen wir
Aufzeichnungen verschiedenster Tendenz aus seiner Feder; mag
er nun Reiseerlebnisse schildern oder Rückblicke werfen auf die
musikalischen Zustände der oder jener Großstadt, mag er seine
Stimme erheben pro oder contra in einer ihm besprechenswert
scheinenden Angelegenheit — am häufigsten hat er sich in den
letzten Jahren in der O. Leßmannschen „Allg. Musikzeitung" ver=
nehmen lassen — mag er tadeln oder loben, zürnen oder an=
erkennen, eines wie das andere geschieht in meist nicht gewöhn=
licher Ausdrucksform und selten verzichtet er auf irgend welche
Würze stilistischen oder satirischen Charakters; so bissig vieles
von ihm erscheint, so ehrlich und gut ist es im Grunde gemeint.

Schade, daß Bülow bis jetzt sich nicht hat zu einer Samm=
lung, einer Auswahl seiner kritischen wie polemischen Artikel
entschließen können. Aufsätze wie über Wagners „Faustouver=
ture" zählten gewiß mit zu dem Geistreichsten, was seit Lißt
und Wagner in der musikalischen Ästhetik zu Tage gefördert
worden.

Um so wünschenswerter scheint es, daß diese glänzenden

Edelsteine nicht verschüttet und vergraben bleiben in schwer zugänglichen Zeitungsbänden. Vielleicht nimmt Bülow sich gelegentlich die Mühe, das in Buchform zusammenzustellen, was ihm von seinen schriftstellerischen Arbeiten besonders wertvoll und erhaltenswürdig scheint; es würde durch ihn ein Beitrag zur Kunstgeschichte der Gegenwart geliefert werden, der nach den verschiedensten Richtungen hin lichtverbreitend und anregend wirken müßte.

Wir mögen es uns nicht versagen eine kleine Probe aus seinen zahlreichen, in der „Neuen Zeitschrift für Musik" zerstreuten Aufsätzen hier mitzuteilen. Ein Artikel von ihm in Nr. 12 Jahrgang 1863 beginnt so und entwickelt folgendes: Eine kunstwissenschaftliche Zeitung ist kein Moniteur; sie hat keine Dekrete zu verkünden, die gesetzliche Kraft beanspruchen und außerhalb aller Diskussion stehen. Im Gegenteil, sie ist berufen, Debatten anzuregen, aus deren Reibung die Wahrheit gleich dem Funken hervorspringen könne. Namentlich dürfte dies im kunstrichterlichen Gebiete als ihre Aufgabe zu bezeichnen sein. Hier muß es verschiedene Instanzen geben; der produktive Künstler muß appellieren können: de critico male informato ad melius informandum. Das pflegt nun ein wahrer Künstler selten zu thun: seine Leistungen bleiben, das, was über dieselben gedruckt wird, vergilbt, und somit tröstet er sich über widerfahrenen Unbill und Härte und gewöhnt sich schließlich daran, die „Presse" im allgemeinen und im besondern zu verachten oder zu ignorieren. Das muß aber soweit möglich verhindert werden. Die „Kunstpresse" ist zunächst zur Belehrung der konsumierenden Menschheit vorhanden und darf nicht noch tiefer in der Achtung der Gebildeten sinken, als sie Dank der blöden Masse, welche die Kunstfeuilletons sämtlicher politischer Zeitungen und außerdem die Mehrzahl der musikalischen Journale in Beschlag genommen hat, bereits versunken ist. Die Folge würde sein, daß sie aufhörte, ein Mittel zur Erreichung ästhetischer Zwecke darzustellen, sich zum Selbstzweck erhebend, der unzweideutigsten Spekulation anheimfiele und endlich einem Geschicke entgegeneilt wie die politische Presse, welcher über kurz oder lang schnödester Tod durch den „Telegraphen" droht. Das Mittel nun der Debatte, der Diskussion scheint mir vorzüglich geeignet, die künstlerische Zeitungspresse in der allgemeinen Achtung zu erhöhen. Das einseitige Orakeln ist vollständig zwecklos, machtlos, ja eindruckslos. Die Talente, neue künstlerische Strömungen der Zeit historisch aufzufassen, fruchtbare Prinzipien für die Praxis aus dieser historischen Auffassung zu entwickeln, sind selten, und selten ist wirklicher Anlaß vorhanden sie zu verwerten. Der verehrte Redakteur dieser Blätter (Fr. Brendel) gehört zu den wenigen, die jene Objektivität des Geistes besitzen, zur richtigen Zeit das richtige Resumé vorzutragen: möge seine Bescheidenheit mir dies aufrichtige Kompliment verzeihen, mir aber ferner zugestehen, daß eine Musikzeitung nicht vom „Leitartikel" allein leben kann. Ihr tägliches Brot muß schließlich die Kritik aller künstlerischen Erscheinungen, hauptsächlich der Gegenwart sein, auf die sie einwirken, deren Leben sie in stetem Fluß erhalten will. Wie die wahre Philosophie, hat die wahre Kunstjournalistik, vor allem sich mit der Anschauung und Beurteilung von Objekten zu beschäftigen, nicht mit zweideutigen oder mehrdeutigen Begriffen, die niemals etwas Reales erzeugt haben, es sei denn Sprachverwirrung. Ihren Stoff, den Stoff einer musikalischen Zeitung bilden vor allem und zunächst die Musiker und die musikalischen Kunstwerke, also deren Kritik.

Dieses zugegeben, wird man auch weiterhin nichts dagegen einzuwenden haben, wenn wir in der Kritik das monarchische Prinzip fronbieren und ein oligarchisches, aristokratisches an seine Stelle gesetzt wissen wollen. Kein einzelner hat für sich die künstlerische Wahrheit und Gerechtigkeit in Pacht. Der Rezensent, der sachverständigste, der vorurteilsfreiste, ohne mehr Schwächen zu haben als ein anderes Individuum, trägt die seinigen doch stets weit mehr zur Schau, bringt sie häufiger zu Markte." —

Die Einleitung zu einer Ehrenrettung Fr. Kiels, die beweist, wie sehr Bülow, der sog. „Neudeutsche", jede Fachtüchtigkeit, jedes ehrliche Streben anerkennt und geschätzt wissen wollte, auch wenn beides im konservativen Lager zu suchen und zu finden war.

Schriftsteller und Pädagog reichen sich die Hand und entfalteten ihre glänzendsten Seiten in Bülows Ausgabe der Beethovenschen Sonaten von op. 53 ab. Bei ihrer näheren Betrachtung steigert sich unsere Hochachtung vor Bülow außerordentlich.

Lißts Schüler, dem Beispiel des Meisters in hoher Ver=

ehrung folgend, haben von je mit echtester Kunstbegeisterung in Beethovens Werke sich versenkt; wenige aber nur dürfen sich rühmen, wie Bülow mit gleichem Eifer, mit gleicher Hingabe, gleichem Erfolge in das innerste Wesen des „inkarnierten Musikgottes" (wie er ihn einmal so zutreffend bezeichnet hat) eingedrungen zu sein. Nehmt den vierten und fünften Band der Sigmund Lebertschen Beethovenausgabe zur Hand und die Wahrheit des eben Gesagten werdet ihr auf jeder Seite bestätigt finden. Bülows Ruhm als Virtuose ist in alle Welt gedrungen; so bewundernswert der Künstler als solcher, so scheint uns sein Interpretationstalent nicht geringer und gleicher Anerkennung wert wie das des Pianisten. Lißt hat auf seiner Künstlerlaufbahn der Ehren unzählige erfahren; der Anerkennungen schönste aber will uns die bedünken, die sein Schüler ihm mit der Widmung dieses epochemachenden Werkes gezollt. Wie erhebend: der Altmeister sah in dem Jünger das zu herrlichster Frucht gereift, wozu der Samen aus seiner Hand in des letztern Herz gelegt ward! So hatte der Schüler den Lehrer fortgesetzt, und dieser durfte sich freudig in dessen Wirken und Werken wiedererkennen. — Auf dem Titelblatte des vierten Bandes der erwähnten Ausgabe ist die Jahreszahl 1867—1870 zu finden. Sie ist wohl nichts Anderes als ein Fingerzeig auf die Entstehungszeit dieser Interpretationen. Finden wir in ihnen Bülows pianistisch-kunstphilosophisches Glaubensbekenntnis niedergelegt, so wird man diese drei Jahre wohl hinreichend halten für dessen Niederschrift, nicht aber zu dessen Empfängnis und völliger Ausreife. Soll das Bekenntnis als der vollendete Ausfluß ernstester Kunstanschauung gelten, so muß es in Freud und Leid erprobt und stichhaltig befunden worden sein. Ohne Zweifel ist an Bülow manches Lustrum vorübergezogen, bevor er bei seiner Beethovenarbeit ausgerufen: „Ich habs gefunden"; eine längere, an Dornen wie an Rosen gleich reiche Virtuosen- und Pädagogenlaufbahn mußte er zurückgelegt, Studien vielseitigster Art getrieben haben, ehe er diese Edition beginnen und zum Abschluß bringen konnte: sie ist mit Bülows Künstlerleben auf das engste verwachsen und darin ist nicht der kleinste Grund ihres außerordentlichen Wertes und dafür zu finden, warum man aus ihr soviel des Anregenden und Belehrenden schöpfen kann. In übertriebener Bescheidenheit will Bülow seine Arbeit nur als „Andeutungen" betrachtet sehen (S. 56, des IV. B.), als Fingerzeige, welche weit davon entfernt sind, Unfehlbarkeit zu beanspruchen. Aber diese „Andeutungen" sind in der That zu Vorlesungen geworden, welche anhaltendes, verständnisvolles Nachdenken der Klaviertechniker sogut wie der Ästhetiker und Kunstphilosophen wecken dürften. Nur dem reichsten Geiste ist es verliehen, wie Bülow so vielen Anregung und Aufklärung zu bieten. Wie Aristoteles in seiner Poetik die nüchternsten Dinge, das Wesen der Vokale und Konsonanten ꝛc. in das Bereich der Betrachtungen und Erörterungen zieht, so berührt auch Bülow, wenn auch nur beiläufig, die elementarsten Grundsätze. Um auf den Kern der Sache zu kommen, verschmäht er es nicht, selbst eine untergeordnetere Frage sich und den Studierenden vorzulegen und über sie zu möglichster Klarheit zu gelangen; auf solchem Weg zwingt er uns zur Anerkennung des alten Spruches: „In die Tiefe mußt du steigen, soll das Wesen sich dir zeigen." Grundwahrheiten werden hingestellt, die, so paradox sie zuweilen klingen und welchem Gebiet der Kunst sie auch entsprungen sein mögen, man ohne weiteres unterschreiben kann und die gerade deshalb, weil sie wie zufällig am geeigneten Orte sich einweben, nur um so sicherer im Gedächtnis des Lesers haften bleiben. Welcher Pädagog wird z. B. mit folgendem Satz (S. 46 des IV. B.) nicht einverstanden sein: Wie jede Wahrheit nur dann erst zu gesicherter Geltung kommen kann, nachdem die mit ihr dissonierenden, entgegengesetzten Irrtümer sich im Wechselkampfe aufgerieben, so ist für die Erlernung gewisser mechanischer Fertigkeiten das Mittel anzuempfehlen, zuvörderst, aber wohlgemerkt mit gleichem Eifer alle Möglichkeiten zu erschöpfen, wie man eine Sache falsch machen kann. Ein Spieler, der nicht polyrhythmisch genug ist, um vier Noten in der rechten Hand zu dreien in der linken unabhängig von einander zu spielen, übe sich (folgt das Notenbeispiel) so lange abwechselnd, bis er unwillkürlich das übrig gebliebene „Richtige" trifft.

Oder läßt sich gegen unzeitgemäßes Binden im Vortrag eine lakonischere Warnungstafel errichten als S. 106, wo es heißt: „Was der Autor getrennt hat, soll der Spieler nicht zusammenfügen!" —

Und welcher Musikdirektor wird nicht folgende (S. 112 des V. B.) Regel als richtig erprobt haben:

Wo ein Oktavengang im Basse melodische Bedeutung hat,

spiele man die obere Stimme stärker. (Daumen.) Violoncelle müssen im Orchester stärker besetzt sein als Kontrabässe."

Wie kommt der Pianist hier auf Violoncelle und Kontrabässe? Weil ihm darum zu thun ist, bei seinen Schülern oder Lesern den Sinn für instrumentales Kolorit zu wecken und weil er auf diesem Wege manches fesselnde Licht auf die zu studierenden Tonschöpfungen zu werfen Gelegenheit findet. Überdies, daß Beethovens spätere Werke für Klavier bald mehr bald weniger ausgeprägten orchestralen Charakter haben, daß sie bisweilen als verschleierte, symphonische Sätze sich darstellen, ist eine vielen bereits geläufige Beobachtung. Auf ihr fußend, weist Bülow an vielen Stellen mit Nachdruck auf die „Instrumentation" hin und fügt ebenso feine als begründete Winke über die Klangfarbe verschiedener Instrumente bei. Das Prototyp der modernen „Lieder ohne Worte", welches er im Andante der Sonatine op. 79 (G-dur) erblickt, denkt er sich z. B. so instrumentiert: „den Hauptsatz haben Blasinstrumente, etwa Klarinetten und Fagotte auszuführen; einen Takt vor dem Mittelsatz treten Saiteninstrumente mit Dämpfern hinzu, während Oboe und Flöte abwechselnd den Gesang vortragen." Wer diese Klangkombinationen seinem musikalischen Ohre vergegenwärtigen kann, dem wird es leicht werden, beim Vortrage dieses Tonstückes die geeignetste Anschlagsart zu finden, womit er für das Ganze die rechte Beleuchtung gewinnt.

Und wem das selbst nur annähernd gelungen, so wird die Freude, die Befriedigung an dem Andante verzehnfacht werden. Nicht weniger anregend als das vielfache Bezugnehmen auf orchestrale Kombinationen, sind Bülows ästhetische Bemerkungen. Nicht gefällt er sich in den beliebten, mit byzantinischem Schmucke aufgeputzten Redensarten, sondern er stellt Gedanken hin, an welchen der Verstand ebenso großen Anteil nimmt wie das Gemüt und die Phantasie der Zuhörer. Im Anschluß an W. v. Lenz, auf dessen „kritischen Katalog der Beethovenschen Werke" er angelegentlichst aufmerksam macht, findet er z. B. die Charakteristik der beiden Teile des op. 111 in den Überschriften „Widerstand und Ergebung" oder noch besser „Sansara=Nirwana". Bei dieser Sonate erinnert Bülow an die „Schindlersche Fabel": Beethoven habe seinen (Schindlers) Rat, doch noch einen triumphierenden dritten Satz hinzuzukomponieren, mit der nicht eben sublimen Antwort abgefertigt: „er habe keine

Zeit dazu, er müsse an der „Neunten" weiterarbeiten. Bülow bemerkt dazu: „Man verstehe uns recht: wir zweifeln nicht im mindesten an der Authentizität der Antwort des Meisters. Aber man bedenke, wem sie erteilt worden; man bewundre die engelhafte Mäßigung, die in jener ausweichenden Trivialität liegt, da wo eine Real=Erwiderung weit mehr am Platz ge= wesen sein würde. Einem Menschen, der die Zweisätzigkeit der Sonaten 53, 54, 78, 90 nicht begriffen hatte, konnte Beethoven nur mit Argumenten ad hominem, nicht ad rem erwidern, um sich seiner Behelligungen zu erwehren." Wahrlich eine sehr offenherzige burschikose Kopfwaschung!

Nur um etwas glimpflicher verfährt Bülow mit W. v. Lenz. Obgleich er, wie schon erwähnt, dessen Analysen sehr hoch schätzt, so muß er doch bei der Interpretation der sog. „Wut über den verlorenen Groschen" ziemlich erzürnt gegen ihn loswettern. Lenz weiß nämlich das fragliche Capriccio nicht besser als so zu charakterisieren: „449 Takte, aus frühester Zeit und ohne Interesse". Bülow zergliedert nun dieses weniger gekannte und von ihm ins Herz geschlossene Musikstück in so anziehender Art, daß er den Ausspruch von Lenz mit gutem Fug und Recht als mehr denn „lakonisch= drakonisch", ja sogar als eine Blasphemie, würdig des Kal= mucken Oulibischeff" bezeichnen darf. Doch mehr noch als diese etwas gereizten Auslassungen fallen ins Gewicht die öfteren Hinweise auf Wagner, Berlioz, Lißt, deren Streben ja mit dem Beethovens so manches gemein hat.

Beim „Wiedersehn" in der charakteristischen Sonate op. 81a wird S. 152 des IV. B. aus „Tristan und Isolde" der zweite Akt, Scene 2 als förderlichste Nebenstudie für den Vor= trag empfohlen. Berlioz wird an mehr als einer Stelle aufs wärmste gewürdigt, Lißt als der „unvergleichliche Beethoven= Interpret" charakterisiert. — Bülows Anschauung von der Beethovenschen Fuge präzisiert sich in folgendem wichtigem Satze: Für Beethoven ist die Fugenform dasselbe, war für R. Wagners dramatische Dichtungen die Musik überhaupt: nicht Zweck, son= dern letztes und höchstes Mittel der Ausdrucksteigerung. Daher der leidenschaftliche, gewissermaßen elektrische Charakter der Beethovenschen Fuge, welche mit jener objektiven „reineren" klassischen Formschönheit der Bachschen Selbstzweck=Fuge gar nicht konkurrieren will."

Soviel wahres in diesem Ausspruch liegt, so möchte doch Bach nicht so sehr als Schöpfer von „Selbstzwecksugen", sondern als tiefsinniger Tonpoet und Kontrapunktiker dazu aufgefaßt und verstanden sein. Ohne Einschränkung läßt sich hingegen dem beipflichten, was Bülow betreffs der Relativität des Tempo bemerkt. Er hat hierbei einen treffenden Ausspruch Karl Maria v. Webers adoptiert, der allseitig, besonders von Operndirigenten beherzigt zu werden verdient.

Bei Wiederholungen von ganzen Teilen der Sonaten verfolgt Bülow eine eigene Praxis. Bald wiederholt er (S. 40 des V. B.), wo es nicht vorgeschrieben, „eine auf Befriedigung der Hörer zielende Wirkung ins Auge fassend", bald ist ihm der Repetitionszwang eine lästige Fessel. So sehr er S. 40 des V. B. auch die „Launen des Meisters wohl zu respektieren", anempfiehlt, so kann er sich doch S. 88 des IV. B. mit der von Beethoven beliebten Wiederholung des ersten Teiles vom Schlußsatz der sog. Appassionata aus rein praktischen Gesichtspunkten nicht einverstanden erklären. Eine sehr zu billigende Motivierung giebt er in den Worten: „Mit Ausnahme des Falles im Finale der C-moll Symphonie kennt der Herausgeber keinen ungerechtfertigteren Repetitionszwang als den vorliegenden. Das ganze Gedicht drängt zum Abschluß; der Spieler, welcher bis hierher seine Aufgabe mit Aufgebot aller technischen und geistigen Energie zu vollbringen getrachtet hat, muß gerade soweit erschöpft sein, um nach den letzten Rest seiner Kräfte den nicht hoch genug anzuschlagenden Anforderungen der Coda widmen zu können. Wenn er den Wiederholungszeichen Rechnung trägt, wird er minderes leisten als beim ersten Male (oder er hat vorher seine Kraft über das erlaubte Maß geschont)."

Alles bisher Angeführte wird genügen, um die Vielseitigkeit der Perspektiven ahnen zu lassen, welche Bülow uns eröffnet. An wen richtet sich nun sein Werk? Nicht an „trockne Musikanten" und pedantische Handwerker; denn sie werden sich verdutzt ansehen und weiter nichts als ein Achselzucken zur Verfügung haben, wenn man ihnen wie Bülow S. 176 V. B. zumutet: „um einen wunderbaren Satz mit hoher priesterlicher Feierlichkeit zu spielen, in welcher er erdacht ist, möge die Phantasie des Spielers sich die erhabenen Wölbungen eines gotischen Domes vor das innere Auge wachrufen;" sie werden nicht wissen, was anzustellen sei, wenn Bülow S. 111 IV. B. eine Variation „à la Ariel," eine andere „à la Caliban" vorgetragen wünscht. Auch ist diese Ausgabe sicherlich **nicht geschrieben für Klavierspieler**, deren Existenz einzig und allein an ihre Fingerfertigkeit geknüpft ist, nicht für Leute, die, hackte man ihnen ein paar Finger ab, in geistiger Beziehung zu reinen Nullen herabgedrückt werden. Diese werden es höchst sonderbar und schrullenhaft finden, daß **Bülow** sogar das Studium der tiefen **Violoncellosaiten** (S. 74, IV. B.) ihnen anempfiehlt. Aber für solche hat Bülow geschrieben, denen bei tüchtiger Technik der Trieb eingepflanzt ist, einen Blick zu werfen in die Schaffenswerkstätte unseres größten Sonatenmeisters. Poetischen Sinn, scharfe Beobachtung, vielseitige Bildung setzt Bülow beim Gebrauch seiner Beethovenausgabe voraus; wer diesen Voraussetzungen genügt, der muß mit wärmster Bewunderung und Dankbarkeit zugleich bei ihr als einem Werke verweilen, das in unserer musikalischen Litteratur kaum seines Gleichen weiter kennt.

VI.

Hans von Bülow als Komponist.

So sehr in Bülow die Welt den Virtuosen bewundert, so hoch sie ihn stellt als Dirigenten, so gern sie seine großen Verdienste auf pädagogischem wie schriftstellerischem Gebiete anerkennt, so wenig weiß sie im großen und ganzen von Bülow dem Komponisten: und es wird allmählich Zeit, daß sie, um sich ein rechtes Bild von seiner künstlerischen Ganzheit zu verschaffen, auch einen Blick auf seine Tondichtungen wirft. Wie unbillig wäre es, den Komponisten vollständig über dem Virtuosen, Dirigenten, Schriftsteller und Pädagogen zu vergessen! Will man dem Lebenden nach dieser Hinsicht vernachlässigen, um vielleicht erst am Toten eine Unterlassungssünde gutzumachen?

Nach einem Schumannschen Ausspruch hätte der Komponist, der zugleich Virtuos ist, Aussicht, mindestens zehn Jahre eher berühmt zu werden als ein anderer, dem solcher Vorteil versagt wäre. Das Exempel will aber nun dann stimmen, wenn der Virtuos sein eigener Propagator wird und keine Gelegenheit versäumt, möglichst viel von eigenen Kompositionen zum öffentlichen Vortrag zu bringen. Daran nun freilich hat Bülow bis jetzt viel zu wenig gedacht: viel mehr für andere lebend als seinem eigenen Interesse, ließ er sich mit dem Bewußtsein genügen, eine gar nicht kleine Anzahl größerer und kleinerer Klavier- und Orchesterstücke geschrieben zu haben; wer davon Kenntnis nehmen wollte, mochte es immerhin aus eigenem Antrieb thun, Bülow selbst veranlaßte niemanden dazu. Pflicht der näheren oder ferneren Freunde wäre es nun gewesen, für ihn einzutreten; sich dem Lehrer dankbar zu erweisen, hätten sie aus eigener Wahl so manches wirksame Bülowsche Klavierstück in ihr Repertoire aufnehmen können; aber wer weiß nicht, was von dem Anteil sog. Freunde, und von der „Dankbarkeit" der „Schüler" zu halten sei! Dabei ist allerdings auch ein wichtiger Nebenumstand nicht zu übersehen. Zu einem kompo-

sitorischen Schaffen, das durchgreifen soll, wird zweierlei voraus=
gesetzt: einmal ein mächtiger, schöpferischer Drang, der überall
sich regt und so vielen höheren Eingebungen folgen muß, daß
der Komponist kaum weiß, wie und wann er mit ihnen fertig
werden mag. Dann aber auch die nötige Ruhe und Samm=
lung zum kunstwürdigen Verarbeiten und Ausgestalten der Vor=
würfe. Wie sehr hat Schiller recht, wenn er vom Künstler
verlangt:

> Drum sammle still und unerschlafft
> im kleinsten Punkt die größte Kraft!

Zu dieser unerläßlichen Konzentration konnte Bülow
nicht gelangen, weil seine künstlerische Thätigkeit von zeitrau=
benden und aufreibenden Amtslasten nur zu sehr in Anspruch
genommen war, sobald seine Übersiedlung und Konsolidierung
in Berlin stattgefunden; verhältnismäßig mehr Kompositionen
fallen daher in die Zeit, wo er „frei und ledig" den Besuchen
der Muse zugänglicher war.

Oder schloß er sich der „freien Kunst" Uhlands an, die
uns mahnt:

> Singst du nicht dein ganzes Leben,
> sing doch in der Jugend Drang,
> nur im Blütenmond erheben
> Nachtigallen ihren Sang.

Doch wer weiß, ob ihm jetzt nicht, da er einen Teil jener
früheren Berufslasten abgeschüttelt, ein kompositorischer Nach=
frühling beschieden ist, und ihm so manches jetzt im Hochsommer
seines Lebens erblühen läßt, wovon er in seinen Jünglings=
jahren geträumt! Denn keineswegs ist Bülow in dem Maße
jeder schöpferischen Ader bar, wie es von Leuten behauptet
wird, die, weil auf alter, fetter Weide grasend und nur im
Wiederkauen die künstlerische Produktion erblickend, für die
Bülowsche Erfindungs= und Empfindungswelt unbedingt kein
Verständnis haben können noch auch wollen, gleichwohl aber sich
zu einem Verdammungsurteil sofort bereit zeigen. Von jener
billigen Volkstümlichkeit, die dem musikalischen Janhagel wohl
gefällt, halten sich Bülows Kompositionen grundsätzlich fern;
das läßt sie für den oberflächlichen Blick zuerst kalt und spröde
erscheinen; wer ihnen aber näher ins Auge schaut, und mit
ihnen vertrauter wird, der merkt ihnen eine Vornehmheit in
Gesinnung und Ausdruck an, die nur das Eigentum einer ge=

läuterten Intelligenz sein kann. Und Bülow erinnert hier mehrfach an Berlioz, dem man gleichfalls häufig den Vorwurf machte, als ob die Spröbheit seiner Phantasie einen intimeren Anschluß an sie dem Fachmanne wie dem Laien selten gestatte.

Was an Bülow, dem Komponisten zunächst überraschen kann, ist der Umstand, daß sein op. 1 nicht eine Klavierkomposition, sondern ein Liederheft (für eine Singstimme mit Klavierbegleitung) ist. Es regte sich in ihm also vor allem der Lyriker und der verlangte erst nach dem Wort und erhielt es auch, bevor der Pianist seine Rechnung finden sollte. Es sei hier von seinen Liederheften nur an sein op. 5 erinnert, das sehr viele geistreiche Einzelzüge aufweist und damit eine gewisse gemütvolle Naivität verknüpft. Auch ihm hat es der Heinesche „Fichtenbaum" angethan, dessen Sehnen nach der Palme im fernen Morgenland hat er in überraschend schöner Weise zum Ausdruck gebracht und damit nach unserm Dafürhalten mindestens funfzig Konkurrenten, die bei diesem Gedichte mit in Frage kommen, aus dem Felde geschlagen. Für Goethes „Freisinn" fehlt dem Komponisten nicht die notwendige burschikose Keckheit und ein pikantes Nachspiel darin sei ganz besonderer Beachtung empfohlen. Auch für das Volkslied von Immermann hat er eine ansprechende Weise gefunden und Alfr. Meißners „Wunsch" entlockt ihm eine überaus zarte und biegsame Melodie.

Diese dem berühmten Stockhausen gewidmeten Lieder sollten um so mehr Beachtung finden, als sie beim Sänger nur einen mäßigen Stimmumfang voraussetzen und so bequem liegen, daß Tenor wie Bariton mit ihnen sich beschäftigen kann. Zudem krankt die Klavierbegleitung, obwohl charakteristisch und feinsinnig gehalten, nirgends an Überladung. Ähnliches gilt von dem Liedercyklus: die Entsagende (op. 8, Weimar bei Kühn).

Auch mehrere Hefte Gesänge für gemischten Chor besitzen wir von ihm; ein „Osterlied" vor allem (Dichtung vom Grafen Aug. von Platen), das zu echt Goethischer Gedankenhöhe sich aufschwingt in den Zeilen

    Wer liebend strebt, solang er lebt,
    der hebt sich aus dem Staube

muß besonders hervorgehoben werden als würdigste Verherrlichung der edlen Platenschen Poesie.

Im op. 15 (fünf Gedichte von R. Pohl) ist die Stimm=

führung vorwaltend polyphon: „Am Strande", „Regenbogen", „Wanderziel", „Ewige Sehnsucht", „Seelentrost", sie alle bekunden geistreiche Auffassung, der man hier und da nur noch etwas mehr Gefühlswärme, frischere Melodie, lebhafteres Kolorit hinzuwünschen möchte, um eine durchgreifende Wirkung ihnen auf alle Fälle gesichert zu wissen. An überraschenden feinen Einzelzügen findet man auch hier eine keineswegs geringe Ausbeute. Sollte für sie überall da, wo man an dem Erbe unserer Großväter und Großtanten sich satt gesungen, kein Boden, keine Beachtung ihnen beschieden sein?

Vorwiegend virtuoser Reiz charakterisiert zwei Konzertduos für Violine und Klavier, (in Gemeinschaft mit dem Violinisten Edmund Singer herausgegeben); im Gegensatz zu Bravourstücken ähnlicher Tendenz, in denen, wie Papageno von sich sagt, vom „Geist keine Spur ist", wird man ihn hier nicht gänzlich vermissen und das ist doch auf alle Fälle etwas wert.

In seinen Kompositionen für Klavier allein ist der Anschluß an die moderne romantische Schule unverkennbar; Chopin und Litzt sind seine Leitsterne. — Vom ersteren stark beeinflußt erscheinen besonders die Rêverie fantastique (op. 7, Leuckart). Die Themen sind durchweg edel, interessant und elegant, wie Fr. Dräseke 1856 in der „N. Zeitschrift" sie charakterisierte, ihre Ausführung zeigt von großem Geschick, besonders von wahrhaft virtuoser Kenntnis der instrumentalen Effekte und die formelle Abrundung, sowie der höchst brillante Klaviersatz lassen nichts zu wünschen übrig. Mazurca impromptu (op. 4, ebenda) ist in der Frische der Erfindung jener vielleicht noch überlegen. Sehr reizvoll nach modulatorischer Hinsicht ist die „Rêverie", deren Schluß auf den Hauptgedanken noch einmal zurückgreifend von schönster poetischer Wirkung erscheint. In der Mazurka zeichnet sich der in B-moll auftretende Gedanke durch Adel und Grazie aus, wie alles übrige durch ansprechenden Fluß.

In einer „Ballade" op. 11 (Mainz, Schott) findet eine kräftige Leidenschaft, die nirgends mit leeren Phrasen und äußerlichem Klangreiz sich begnügt, eben so ihre Rechnung wie das Gemüt in klarer, versöhnender Melodik.

In dem Impromptu op. 14 „Elfenjagd" ist der Titel erschöpfend in dem leicht gefälligen, duftig dahinhuschenden Charakterstück eingehalten; es ist ein poetisches Tongemälde, dessen Konturen sehr wohlberechnet angelegt und organisch konstruiert sind. Mit leichter Hand haben Schatten und Lichter die zartesten Färbungen und ebenso prägnante Charakteristik des Ausdrucks erfahren. In der Mazurka=Fantasie op. 13 findet man Melodien von weicher Grazie und scharfem Ausdruck, die sich dem Tongedächtnis von selbst einprägen; sie sprießen wie seltene Blumen auf üppigem Boden aus jeder Seite dieser liebenswürdigen Tondichtung empor. Bekannter noch sind „Tarantella", eine liebenswerte Miniatur „Innocence", und neuerdings „Lacerta" geworden.

In seinem op. 23 führt er der Orchesterlitteratur vier gehaltreiche Charakterstücke zu: Nr. 1 Allegro risoluto; Nr. 2 Notturno; Nr. 3 Intermezzo guerriero; Nr. 4 Funerale. Sie, für große Orchester komponiert und in Partitur bei R. Seitz in Leipzig erschienen, sind nach mancherlei Rücksicht hervorhebens= und beachtenswert. In der Pianofortelitteratur erfreut sich die Rubrik „Charakterstück" allgemeinster Pflege. Kein Monat vergeht, ohne eine reiche Zahl derartiger Stücke auf den Markt gebracht zu haben. Freilich sind sie nicht „selten darnach". Trotz alledem und gerade deshalb, weil die Kultivierung dieser Gattung von den verschiedensten Seiten in Angriff genommen wird, stehen auf diesem Felde der Kunst noch reiche Saaten bevor. Lassen wir unter dem Weizen immerhin auch das Unkraut emporschießen; beruhigend wirkt ja der Gedanke, daß auf der kritischen Tenne das gute vom schlechten genau gesondert wird.

In der Orchesterlitteratur hat man seither dem Charakterstück nur verhältnismäßig geringere Aufmerksamkeit zugewendet. Wahrscheinlich von der Voraussetzung geleitet, das Orchester habe sich in erster Linie mit Werken großen Stiles und bedeutenden Umfanges zu beschäftigen, hat man es bei Seite liegen gelassen. In einer Zeit wie der unsern nun, wo sich der strebendere Teil der schaffenden Musiker von der handwerksmäßigen Suitenfabrikation abwendet und wo ein jüngeres Geschlecht zeitgemäße Ausgangspunkte für eine neue, hochideale symphonische Form zu gewinnen sucht, scheint uns das Aufgreifen des Charakterstückes eine naheliegende Übergangsstation zu jenem neuen Ziele. Denn noch nicht die vollste Summe geistiger Konzentration, noch nicht der großartigste Inhalt, noch nicht der aufs schärfste zugespitzte Gegensatz der Themen wird hier verlangt, noch braucht auch mit der psychologischen Entwicklung es allzu genau genommen zu werden, weil nur minder schwerwiegende musikalische Vorwürfe zu bewältigen sind: ein Verstoß gegen sie rächt sich jedenfalls nicht in dem Grade wie in der neuangestrebten Form der Symphonie. Anderteils jedoch macht sich schon das Charakterstück Prägnanz des Gedankens, Energie des Ausdruckes zur Hauptbedingung; Eigenschaften demnach, die jedem, der sie einmal auf kleinerem Gebiete sich erworben, beim Schaffen auf größerem, vorzüglich auf dem symphonischen, sehr zu statten kommen werden. In diesem Sinne gilt uns Bülows op. 28 als ein schätzbarer Baustein. Jedes der vier Stücke offenbart Charakter, keines läßt es bei Halbheiten bewenden, überall wird der jeweilige Vorwurf zum vollständigen Austrag gebracht.

Im ersten „Allegro risoluto" führt der Komponist zunächst recht einfaches, aber sehr kraftvolles Material ins Feld; was er mit ihm für melodische, rhythmische, harmonische Weiterungen unternimmt, dient nur dazu dem Schlußteil gewaltige Steigerungen zu sichern.

Das Notturno ist von wohlthuender Zartheit. Drei Gedanken werden sehr glücklich neben einander und über einander gestellt. Viola und Violoncell singen einen schön geschwungenen Gesang, während Klarinetten und Fagotte ihm einen charakteristischen Hintergrund schaffen und das Kolorit liefern.

Noch reicher entfaltet sich dies melodische Element mit dem Hinzutritt der Violinen, denen eine überaus liebenswerte Kantilene zufällt. Im Intermezzo guerriero dröhnen furchtbare Kampfesweisen und wildes Kriegsgetümmel zieht an uns vorüber. Zu ihm bildet das Funerale den stärksten Kontrast; dort raste die Schlacht, hier erheischt die Trauer um die Gefallenen ihr Recht und würdig ist das Totenopfer, das diese Musik allen darbringt, die mit dem Leben besiegelt, wofür sie gekämpft und gerungen.

Daß die Instrumentation in sämtlichen vier Stücken von außerordentlicher Gewähltheit, daß sie durchweg geistvoll, ersieht der Kenner aus jeder Seite dieser in Einzelheften erschienenen Partituren.

Mit ähnlichen Vorzügen ist noch Bülows „Huldigungsmarsch" (an König Ludwig II. von Bayern) geschmückt; er liegt in verschiedenen Klavierbearbeitungen vor, ist aber so orche=

stral gedacht, daß er zur vollsten Wirkung einzig und allein durch ein großes Orchester gelangen kann. Mit dem Wagner=schen „Huldigungsmarsch" hält er einen Vergleich aus und es lohnte sich wohl zwischen beiden eine musikalische Parallele zu ziehen, bei der Bülow keineswegs zu kurz wegkommt.

Bei Bülows größeren Orchesterkompositionen werden nach Seite der Instrumentation vorwiegend Berliozsche Einflüsse bemerkbar: kein Wunder, wenn man weiß, wie stark sein Enthusiasmus von jeher gerade für diesen hochgesinnten Franzosen war und wenn man weiß, wie verwandt seine eigene Natur der von Berlioz ist: daß weit schwächer Wagner, mit dem er doch in sehr nahen persönlichen Beziehungen gestanden, auf ihn nach dieser Hinsicht eingewirkt, findet vielleicht darin seine Erklärung, daß Bülows Art zu denken und zu empfinden in vielen und ausschlaggebenden Punkten eine andere als die Wagners gewesen.

In der „Nirwana" rollt sich ein Stimmungsbild vor uns auf, das vollkommen hält, was sein Titel verspricht. Die buddhistische Weltfluchtslehre findet hier eine orchestrale Interpretation und eine Verherrlichung, wie sie unseres Wissens in der musikalischen Kunst noch nicht versucht worden war. Es liegt in der Natur des Gegenstandes, daß im Tongedicht ein trüber, trauriger Grundton vorwaltet; wo der Pessimismus nach Verklärung ringt, kann nur ein düsteres Kolorit am Platz sein und das ergießt sich denn auch in starken Fluten über viele Seiten der Partitur, ohne indessen auf jeden Kontrast gänzlich zu verzichten; nur scheint es, als ob der Lichtblick zu bald wieder verschwinde, um einiges Gegengewicht zur Verzweiflungsnacht herzustellen.

Wo man andern Philosophemen als denen Schopenhauers zugethan und lieber mit jenen beglückenden Anschauungen es hält, die im Gesamtschaffen Goethes, des größten Optimisten, niedergelegt sind, der kann kaum dieses symphonische Stimmungsbild recht verstehen und an seine Existenzberechtigung glauben; aber dem überzeugten Pessimisten weiß „Nirwana" Dinge zu sagen, bei denen ihm die Haare zu Berge stehen und damit ist ihm gewiß Genüge gethan.

Des „Sängers Fluch" ist eine Orchesterballade nach der Uhlandschen Dichtung, ein als Tonwerk an und für sich befriedigendes, poetisch=schwungvolles und der dichterischen Wahrheit vollkommen gerecht werdendes Epos in Tönen. Die einheitliche Stimmung des ganzen, seine maßvoll eingehaltene äußere Form, das ausdrucksvolle, echt dramatische Kolorit sowie die kunstgemäße Durchführung der ansprechenden, inhaltreichen und frischen Motive, alles dies verleiht demselben nicht nur einen poetischen, sondern auch einen absolut musikalischen Wert. Wir dürfen mit H. v. Arnold dieses Werk wegen des dichterischen Ausdruckes und der geistreichen Erfindung, der genaueren Beobachtung der angemessenen Form und der knappen Ausdehnung wohl als eine allen Anforderungen gerecht werdende, echt künstlerische Schöpfung bezeichnen. Glanzvoll und stets dem Inhalte entsprechend mit den passendsten Instrumentationsfarben koloriert, wird die Ballade nie verfehlen, eine tiefe nachhaltige Wirkung hervorzubringen.

Zu Shakespeares „Julius Cäsar" schrieb Bülow außer der Ouverture noch die Zwischenaktsmusiken. Der Ouverture hatte man stets große Gewandtheit in der Beherrschung der orchestralen Mittel, der thematischen Entwicklung nachzurühmen, überhaupt eine musikalische Fassung und Haltung zuzuerkennen, die als tadellos betrachtet werden darf. Die Themen haben sogleich bei der ersten Aufführung des Werkes in Berlin durch gesangreichen Ausdruck gefallen, die Harmonisierung bietet so manchen kühnen, frischen Zug, die Steigerungen bauen sich so wirksam auf und aus dem ganzen Tonstück heraus spricht eine poetisch-dramatische Färbung, sodaß das Werk jener Berlioz-Lißtschen Geistesgenossenschaft, der es zustrebt, durchaus würdig ist. Neuerdings hat es der Komponist in Meiningen wieder einmal der Vergessenheit entzogen und einen Erfolg mit der Vorführung erzielt, die ihm bewies, wie eindruckssicher sie nach wie vor ist. Im „kriegerischen Triumphmarsch" ist die Form des Marsches natürlich idealisiert, die verschiedenen Themen heben sich charakteristisch von einander ab, die wirksame Schlußsteigerung ist wohl zu beachten. Warum nun in Kapellmeisterkreisen allen diesen tüchtigen und anziehenden Werken gegenüber fortdauernd die Rolle des ungläubigen Thomas spielen und bei jeder sachlichen Würdigung dieser Kompositionen mit Goethe ausrufen:

„Die Botschaft hör' ich wohl, doch fehlt der Glaube!?"

VII.

Nachwort.

Sucht man in unserer deutschen Litteratur nach einem Dichter, der eine Parallele bildet zu Hans v. Bülow, so wird er zumeist zu finden sein im Grafen August von Platen: Beide sind Aristokraten der Geburt, wie ihrem künstlerischen Glaubensbekenntnis nach; hier wie dort ist es die Kunst im höchsten und edelsten Sinne, der Altäre gebaut und Opfer dargebracht worden; der eine wie der andere will mit den herrschenden Mächten der Alltäglichkeit nichts zu thun haben, beide werden getragen von einem stolzen Selbstvertrauen und mögen beide nicht selten in der Zähigkeit ihrer Urteile sogar dem Fehler des Vorurteiles verfallen, so giebt selbst das immer zu denken: denn beide tragen die Kosten ihrer Überzeugung und dürfen mit dem ehrwürdigen Hiob uns versichern: „irre ich mich, so irre ich mir." Der trostlos engherzige Zustand unserer deutschen innern Verhältnisse ließ den Dichter einst sich Luft machen in dem Schmerzensschrei:

„Denn zu Haus ist dort die Philisternatur
und die dumpfige Stubengelahrtheit,
die düster und stier, mit der Pfeif' im Mund
ein verdrießliches Maul zieht. Diese Nation
saalbadert so gern, saalbadert herab von der Kanzel.

Saalbadert zu Haus, saalbadert sodann
vor Gericht, saalbadert im Schauspiel!
Drum nimmt sie allein Saalbader in Gunst,
Saalbader in Schutz; drum liest sie nur dich
statt Goethe und statt
Jean Paul, saalbadernder Klauren.

Und Hans von Bülow hat zu früheren Zeiten in ähnlichem Sinne, wenn auch nicht in Versen, sich ausgelassen über die Kleinlichkeit gewisser Geschmacksrichtungen und die Schaale zürnender Entrüstung ausgegossen über die Saalbabereien in musikalischen Angelegenheiten: man schlage nur die betreffenden Jahrgänge der „Neuen Zeitschrift" nach und man wird Belege genug finden.

Mit Platen ist Bülow überzeugt:

„Wer anschaut die Gebilde der Kunst geh unter im Geiste des
Schönen!
Ein Pedant, den nichts zu begeistern imstand, armselig steht er
und einsam,
Zwar hat er vielleicht mit den Tieren den Fleiß, doch nichts
mit den Menschen gemeinsam.
Wer Haß im Gemüt, wer Bosheit trägt und wer unlautere
Regung,
dem weigert die Kunst jedweden Gehalt und die Grazie jede
Bewegung.

Und sucht man nach einen Gesamtmotto für Bülows Persönlichkeit, Leben und Thaten, so liefert es wiederum Platen und zwar in der Schlußparabase der „verhängnisvollen Gabel" mit den Versen:

Übersieht huldreich die Gebrechen an ihm, laßt euch durchs gute
bestechen:
Man liebt ein Gedicht, wie den Freund man liebt, ihn selbst mit
jedem Gebrechen.
Denn, wolltet ihr was abziehen von ihm, dann wär er derselbe
ja nicht mehr
und ein Mensch, der nichts zu verzeihen vermag, nie seh' er ein
Menschengesicht mehr.

VIII.
Namen- und Sachregister.

„Abendpost" 8. 49.
Antisemitismus 20.
Bach, Joh. Seb. 47.
„ Ph. E. 47.
„Bayreuthknecht" 18.
Beethoven, 4. 26—29. 36 u. ff. 42.
Berlioz, Hektor, 11. 12. 42. 48. 56. 65.
Brahms, Joh. 20. 22. 39. 40.
Bräcker, U. 2.
Brendel, Fr. 7. 8. 24.
Bronsart, H. v. 11.
Bülow, Sieger von Tennewitz 1.
— Dietrich v. 2.
— Ernst (Großvater) 1.
— Eduard (Vater) 2. 3. 4.
Bull, Ol. 12.
Cäsar, Jul. 66.
Carlsruher Musikfest 12.
„Circussänger" 18.
Cornelius, Peter 45.
Cramer, Etuden 48.
Danton, 8.
David, Ferd. 12.
Träsele, Fel. 62.
Dvorak, A. 19.
Eberwein, C. 6.
Frege, Livia 7.
Gluck 47. 48.
Goethe, 14. 20. 21. 33. 49. 61. 66.
Händel, G. Fr. 47.
Hänsel, A. 4.

Haydn, J. 26.
Hauptmann, M. 7. 45.
Heine, H. 5. 61.
Herderfeier 9.
Hochberg, Graf 18.
Hutten, Ulr. v. 9.
Kiel, Fr. 52.
Kleist, v. Nollendorf 1.
— H. v. 2.
Klindworth, C. 11.
Lasalle, Ferd. 13.
Lenz, W. v. 55. 56.
Lebert, S., 53.
Leßmann, Otto 36. 50.
Liszt, Fr. 9. 10. 11. 45. 46. 48. 49. 53.
— Kosima 13. 16.
Litolff, H. 4.
Ludwig II. 15. 64.
Manzoni 2.
Marat 8.
Marx, A. B. 13.
Mendelssohn, Felix 7. 38. 45.
Meißner, Alf. 61.
Meininger Hofkapelle 34 u. ff.
Mitterwurzer 5.
Molique 8.
Münchner Musikschule 45.
Napoleon I. 1. 2.
„Neue Zeitschrift f. Musik" 7. 12. 51. 62. 68.
Nirwana 65.
Novalis, 2.
Perfall, Freiherr v. 44.
Platen, A. v. 61. 67 u. ff.

Pohl, R. 61.
Prudner, Dionys 11.
Racowitza, Helene v. 13.
Raff, Joachim, 6. 30. 46. 47.
Rheinberger, Jos. 21. 22.
Robespierre 8.
Rüfer, Ph. 19.
Rubinstein, Anton 31. 32.
Scarlatti, D. 47.
Schanzer, Frl. 16.
Schiller, F. 2. 17. 60.
Smetana 19.
Schmiedel, Frl. 4.
Schindler, F. 55.
Schröder-Devrient, W. 5.
Schumann, R. 7. 8. 38.
Spohr, L. 31.
Stern, Jul. 13.
Tausig, K. 31.
Tschechen 19.
Tichatschek 5.
Tied, L. 2. 3.
Uhland, L. 60.
Volkmann, R. 21.
Wagner, Johanna 5.
— Richard 5. 6. 10. 14. 15. 21. 48. 56.
Weber, K. M. v. 57.
Wied, Fr. 4. 45.
Winterberger, Alex. 11.
„Zukunftsmusik" 13.

Max Hesse's Verlag in Leipzig.

Von Palme's Werken sind bis jetzt erschienen:

Palme, Allgemeines Liederbuch für deutsche Männerchöre. Partitur. 7. Aufl. 30 Bog. stark mit 162 Liedern, broschiert 1,20 M., geb. in Palmeband 1,70 M.
— — Stimmenausgabe. 5. Aufl. Jede der 4 Stimmen broschiert 80 Pf., geb. in Palmeband 1,30 M.

Palme, In Freud und Leid. Sammlung leicht ausführbarer Lieder für deutsche Männerchöre. Part. 2. Aufl. 30 Bogen mit 200 Liedern, brosch. 1,20 M., geb. in Palmeband 1,70 M.
— — Stimmenausgabe. 2. Aufl. Jede der 4 Stimmen brosch. 80 Pf., geb. in Palmeband 1,30 M.

Palme, Scherz und Humor. Eine Sammlung preisgekrönter scherzhafter und humoristischer Männerchöre. Partitur broschiert 1,20 M., geb. in Palmeband 1,70 M.
— — Stimmenausgabe. Jede der 4 Stimmen brosch. 80 Pf., geb. in Palmeband 1,30 M.

Palme, Deutscher Sängerschatz. Liederbuch für Gymnasien, Realschulen und Seminare. Mit besonderer Berücksichtigung des Tonumfangs. Part. brosch. 1,20 M., geb. in Palmeband 1,70 M.

Palme, 46 Festmotetten für Männerchor. Nur Originalkompositionen der größten Tondichter der Gegenwart. Part. br. 6 M., geb. 7 M.
— — Stimmenausgabe. Jede der 4 St. dauerhaft kart. 80 Pf.

Palme, Sangeslust. Sammlung gemischter Chorgesänge für Gymnasien und Realschulen mit besonderer Berücksichtigung des Stimmumfangs. Part. brosch. 1,20 M., geb. in Palmeband 1,70 M.

Palme, Deutsches Liederbuch für gemischten Chor. Part. 3. Aufl. 30 Bogen mit 140 Liedern, brosch. 1,20 M., geb. in Palmeband 1,70 M.
— — Stimmenausgabe. 3. Aufl. Jede der 4 Stimmen broschiert 80 Pf., geb. in Palmeband 1,30 M.

Palme, 45 Festmotetten für gem. Chor. 3. Aufl. Part. br. 6 M., geb. 7 M.
— — Stimmenausgabe. Jede der 4 Stimmen dauerhaft kart. 80 Pf.

Palme, Festglocken. Eine Samml. leicht ausführb. Festmotetten und relig. Festgesänge f. gem. Chor. Part. brosch. 1 M., geb. 1,50 M.
— — Stimmenausgabe. Jede der 4 Stimmen kart. 25 Pf.

Palme, Lustige Lieder für gemischten Chor. Preisgekrönt durch die Herren: Musikdirektor Palme, Kapellmeister Dr. Reinecke und Prof. Dr. Franz Wüllner. Part. brosch. 1,20 M., geb. in Palmeband 1,70 M. Jede Stimme brosch. 80 Pf., geb. in Palmeband 1,30 M.

Palme, Der kirchliche Sängerchor. Eine Sammlung dreistimmiger Gesänge und Choräle für Kinder-, Frauen- oder Männerchor. Partitur 4. Aufl. 2,50 M., geb. 3 M.
— — Stimmenausgabe. Jede der 3 St. dauerhaft kart. 50 Pf.

Palme, Feierklänge. 36 Festmotetten und religiöse Festgesänge für dreistimmigen Kinder-, Frauen- oder Männerchor nach Ordnung des christlichen Kirchenjahres mit vielen Originalbeiträgen. Part. brosch. 2,50 M., geb. 3 M.
— — Stimmenausgabe. Jede der 3 Stimmen kart. 50 Pf.

Palme, Der angehende Organist. Eine Sammlung leichter und kurzer Präludien für Orgel in allen Tonarten. 2. Aufl. Brosch. 2 M., geb. 2,50 M. Von 15 Exemplaren an brosch. nur 1,50 M., geb. nur 2 M. das Stück. (Dieses Werk hat Aufsehen erregt.)

In Max Hesse's Verlag zu Leipzig erschien:

Robert Schumanns Klaviertonpoesie.

Ein Führer
durch seine sämtlichen Klavierkompositionen
mit Bild und biographischem Abriß
von
Bernhard Vogel.

Preis brosch. 1,20 M., geb. 1,60 M.

Ferner:

Karl Loewe.
Ein deutscher Tonmeister.

Von
August Wellmer.

Mit einem Bilde, einer Biographie und einem Verzeichnis sämtlicher Werke Loewes.

Preis brosch. 1,20 M., geb. 1,60 M.

In Kürze wird erscheinen:

Thomas Koschat.

Bearbeitet von Otto Schmid.

In Max Hesse's Verlag zu Leipzig, Johannesgasse 30 erschien ferner:

Auf hohen Befehl.
Komische Oper in drei Akten von **Carl Reinecke**. Klavierauszug mit Text   6.—

Daraus:

Marsch- und Ballettmusik für Militär- und für Streichorchester. Partitur   je 3.—

Ferner erschienen:

Potpourri für Klavier 2 händig	1.50
Es geht ein Schelm durch alle Land f. Klavier 2 händig	1.—
Kein Feuer keine Kohle für Sopran oder Tenor	—.50
Gavotte und Pastorale für Klavier zum Konzertvortrage	1.50
Preislied für Klavier	1.—
Ouverture 4 händig	2.—
Ballettmusik 4 händig	2.—
Marsch 4 händig	1.—
Vorspiel zum 2. Akt 4 händig	1.—
Marsch- und Ballettmusik 2 händig	1.50

Ebenfalls sehr empfehlenswert:

Die Wette.
Singspiel in 1 Akt von **Julius Zähler**. Musik von **Alphonse Maurice**. Vollständiger Klavierauszug mit Text   3.—

„Ich fing ein Vöglein".
Lied aus dem Singspiel „Die Wette". (Separat-Ausgabe.) Preis 1.—

Der Schatz.
Komische Oper in 1 Akt von **Alphonse Maurice**. Vollständiger Klavierauszug mit Text   4.50

Zu beziehen durch alle Musikalienhandlungen.